Sammlung Luchterhand 2068

Franz Hohler wurde 1943 in Biel, Schweiz, geboren, er lebt in Zürich und gilt als einer der bedeutendsten Kabarettisten und Erzähler. 2002 wurde er mit dem *Kasseler Literaturpreis für grotesken Humor* ausgezeichnet. Seit mehr als 30 Jahren schreibt Hohler kurze Geschichten, pointierte, unsentimentale und tragikomische Geschichten, die ihm den Rang eines literarischen Meisters der kleinen Form eingetragen haben. Eine Auswahl grotesker Geschichten, vom Autor selbst besorgt, findet sich in diesem Band, darunter so bekannte wie *Der Weltuntergang*.

»Es ist unglaublich, was Franz Hohler alles kann.« Urs Widmer

Der Abstecher

Ich stand in Bern auf dem Bahnhof und wartete auf den Zug nach Zürich, der soeben als leicht verspätet gemeldet worden war.

Als ich nach einer Weile aus dem Lautsprecher hörte: »Auf Gleis 11 steht der Schnellzug nach Singapur«, konnte ich nicht widerstehen. Ich nahm mein Mäppchen, begab mich durch die Unterführung nach Gleis 11 und stieg in den bereitstehenden Zug ein, nicht ohne mich vorher zu vergewissern, daß am Wagen tatsächlich ein Schild mit der Aufschrift »Bern–Singapur« hing und daß dieselbe Angabe auch auf der Anzeigetafel über dem Perron zu lesen war.

Warum ich einstieg, kann ich heute nicht mehr genau sagen, so etwas tut man ja nicht auf Grund einer bestimmten Überlegung. Vielleicht, dachte ich mir lediglich, vielleicht gibt es in der Nähe von Bern einen Weiler, der Singapur heißt, so wie es doch auch irgendwo in der Gegend ein Bethlehem gibt, mit einer kleinen Post, auf der man zu Weihnachten Kartengrüße abstempeln lassen kann, und das Ganze hängt mit einer Werbung für die Bundesbahnen zusammen.

Das einzige, was für mich feststand, war, daß dieser Zug nicht nach Singapur fuhr.
Ich war deshalb etwas überrascht, als mich der Kondukteur bald nach der Abfahrt des Zuges mit ernstem Blick darauf aufmerksam machte, daß mein Billett nur bis Zürich Gültigkeit habe.
»Gut«, sagte ich, »dann möchte ich nachlösen«, und schaute den Kondukteur prüfend an. Als ich in seinen Augen nichts Schalkhaftes entdeckte, fügte ich vorsichtig bei, »bis Singapur.«
Der Kondukteur ließ sich immer noch nichts anmerken, zog ein Tarifblatt aus seiner Tasche, tippte mit einem Bleistift einige Felder darauf an, bewegte lautlos seine Lippen und sagte zum Schluß: »Das macht noch 1182 Franken.«
»Ich habe aber ein Halbtaxabonnement«, sagte ich.
»Sie haben recht«, sagte der Kondukteur, »das verbilligt natürlich die Strecke Zürich–Buchs, 1167.50 ist es dann noch.«
»Tja«, sagte ich, »wissen Sie was, ich steige doch lieber in Zürich aus.«
»Das geht leider nicht«, sagte der Kondukteur, »wir fahren über Zürich-Enge, ohne Halt.«
»Ohne Halt bis wohin?«
»Ohne Halt bis Singapur.«

Jetzt wurde ich etwas unruhig.
»Das ist ein Mißverständnis«, sagte ich, »ich will gar nicht nach Singapur.«
»Wieso sind Sie dann in diesen Zug gestiegen?«
»Einfach so«, sagte ich, »einfach so – Sie fahren doch nicht wahrhaftig nach Singapur?«
»Wohin denn sonst?« sagte der Kondukteur, »halten Sie uns für Betrüger? Ich habe mich schon vorbereitet«, fuhr er fort und knöpfte seine Uniform über dem Gürtel ein bißchen auf, so daß man darunter ein khakifarbenes Hemd sah. »Es kann sehr heiß werden«, sagte er halblaut.
»Ich habe mich überhaupt nicht vorbereitet!« rief ich, indem ich von meinem Sitz sprang, »ich habe nicht einmal einen Paß!«
»Sie haben keinen Paß?« fragte der Kondukteur, »das ist aber unangenehm, da wird man Sie in Singapur gleich wieder heimschicken.«
»Ich bleibe gleich daheim«, sagte ich entschieden, »man wird mich ja schon bei der Grenzkontrolle in Österreich nicht durchlassen«, und setzte mich wieder, froh, daß mir dieses Argument in den Sinn gekommen war.
»Es gibt keine Grenzkontrolle in Österreich«, sagte der Kondukteur, »die Wagen sind plombiert.«

Ich konnte fast nichts sagen.
»Heißt das«, fing ich an, »heißt das ...«
»Ja«, sagte der Kondukteur, »die einzige Grenzkontrolle ist in Singapur. Bis dahin bleiben wir im Wagen.«
Plötzlich drängte ich mich am Kondukteur vorbei, eilte zur Türe und zog, was ich sonst noch nie getan habe, die Notbremse. Sogleich ertönte im ganzen Wagen eine sanfte und tiefe Instrumentalmusik, zu der eine dünne Frauenstimme ein unverständliches Lied sang.
»Wir haben alles getan, um unsern Reisenden die Fahrt angenehm zu machen«, sagte der Kondukteur, der jetzt hinter mir stand. »Wenn Sie zweimal ziehen, hören Sie das klassische Programm, und wenn Sie dreimal ziehen, Ländlermusik. Ein bißchen Heimat braucht man ja schon auf einer solchen Strecke.«
Ich schaute an seinem breiten Lächeln vorbei, das mir mißfiel, und sah erst jetzt, daß dort, wo sich sonst die Gepäckträger der Wand nach ziehen, Schiebeschränke angebracht waren.
»Die Betten«, sagte der Kondukteur, der meinen Blick bemerkt hatte. »Sie steigen hinauf, schieben die Tür hinter sich zu, und schon sind Sie wunderbar für sich. Es hat sogar«, sagte er stolz, »eine kleine Bibliothek

bei jedem Sitz.« Er zog an einer Armlehne, und es kam ein Regal mit ein paar Büchern heraus, hauptsächlich von Simmel, Konsalik und Frank Arnau. »Essen«, sagte er weiter, »wird Ihnen dreimal täglich gebracht, für einen Speisewagen hat es noch nicht gereicht. Mit dem Wasser sollten wir etwas sparen, dafür hat es reichlich Feuchtwaschtüchlein.«

»Entschuldigen Sie«, sagte ich, »ich muß etwas frische Luft haben«, und trat zu einem Fenster. Der Kondukteur trat auch herzu und sagte: »Fenster können keine geöffnet werden, aber die automatische Lüftung funktioniert einwandfrei.«

»Lassen Sie mich bitte einen Moment allein«, sagte ich.

»Bitte sehr«, sagte der Kondukteur und ging zur Tür hinaus. Vom andern Ende des Wagens her nahte sich nun langsam ein fetter Asiate mit einem kragenlosen weißen Hemd und einer Mütze, der ein blitzblankes, überall geschlossenes Metallwägelchen durch die leeren Reihen schob.

Ich riß die Tür auf und stieß auf den Kondukteur, der gleich dahinterstand. »Fährt denn sonst niemand nach Singapur?« fragte ich ihn.

»Leider nicht«, sagte er, »Sie sind der einzige, der sich dazu entschlossen hat. Übrigens, Flückiger ist mein Name.«

Später, als wir uns darauf geeinigt hatten, daß ich den fehlenden Billettbetrag durch meine Bank überweisen lassen würde, sobald wir in schätzungsweise drei Wochen in Singapur eingetroffen wären, und sich der Kondukteur mit seinem Tablett neben mich gesetzt hatte und mir während des Essens von seinem Interesse am Eiskunstlauf erzählte und der Asiate schweigend danebenstand, um uns nachzuschöpfen, wenn dies nötig wurde, und ich auf der andern Seite des Zürichsees die Kirchtürme von Herrliberg, Meilen und Uetikon erscheinen und wieder verschwinden sah, hatte ich zum erstenmal in meinem Leben Lust, einen Menschen umzubringen.

Ein ganz schwerer Transport

Als die Maschinenfabrik Schaffner in Stilli den neuen Superthronger für das Atomkraftwerk Beznau fertiggestellt hatte, feierte die Belegschaft ein kleines Fest. Zum erstenmal in der Geschichte des Betriebs war ein 800 Tonnen schwerer Superthronger fabriziert worden. Chefschlosser Sägesser hatte ihn mit seinen Gehilfen aus einem unmäßigen Klumpen Gußstahl herausgeformt und blickte nun gerührt auf den mit Margeriten und Nelken bekränzten Doppelsattelschlepper, auf dem das Ding ruhte. Alle stießen mit dem Chauffeur auf eine gute Fahrt an, und dann setzte sich der Doppelsattelschlepper zitternd und dröhnend in Fahrt, begleitet von zwei blinkenden Kleinwagen der Aargauer Kantonspolizei.

Von Stilli bis Beznau sind es sechs Kilometer, darum hatte man die Bestellung auch bei der sonst ziemlich kleinen Firma Schaffner aufgegeben. Eine geringe Komplikation ergab sich nur daraus, daß die Brücke, die bei Stilli über die Aare nach Beznau führt, für eine solche Belastung zu schwach war. Zum Glück gab es aber wenige Kilometer flußabwärts die starke Aarebrücke von Kleindöttingen nach Döttingen, welche dieses Gewicht ohne weiteres aushielt. Bei den paar Kilometern nach Kleindöttingen mußte man einzig darauf achten, die Schmittenbachbrücke vor Villingen zu vermeiden, aber auch dieses Problem war lösbar. Man umfuhr den ganzen Schmittenbach, indem man über den Bözberg auswich und bei Stein in die Route nach Laufenburg einbog, über welche man mühelos nach Kleindöttingen gelangte. So hatte es das Schwertransportbüro vorgesehen, und wenn alles gut ging, war der ganze Transport die Sache einer Nacht.

Um zwei Uhr in der Frühe fuhr der Superthronger bereits durch Stein, und eine halbe Stunde später war er im Schrittempo in Sisseln angelangt. Wie man weiß, fließt durch Sisseln die Sisseln, und als der Chauffeur, Herr Lätt, zur Überquerung der Sisselnbrücke ansetzte, mußte er brüsk bremsen und fuhr sofort wieder von der Brücke zurück. Was war geschehen? Herr Lätt hatte gespürt, wie sich auf der Höhe des Brükkenkopfes der Boden unter ihm leicht zu senken begann, und war daraufhin sogleich wieder rückwärts gefahren. Eine Prüfung der Lage ergab, daß sich einzelne Steine aus dem Unterbau gelöst hatten. Man beschloß hierauf, bis zum Morgen zu warten und dann einen Geologen kommen zu lassen, der ein Gutachten abgeben sollte. Herr Lätt konnte bei einer Familie Jegge übernachten und war am andern Morgen zeitig auf den Beinen, um das Urteil des Geologen zu hören. Der ließ sich aber Zeit, stocherte mit Sonden in den Böschungen herum, watete mit hohen Stiefeln durch den Bach, hantierte mit Meßbändern und Latten und machte sogar eine kleine Sprengung, bei der das Eisengeländer ein bißchen beschädigt wurde. Gegen Abend erklärte er, er habe nun genug gesehen und notiert und müsse sich zu den Berechnungen zurückziehen, berichten könne er frühestens in einer Woche. Für Herrn Lätt, der die ganze Zeit unruhig dabeigestanden hatte, war das ein unangenehmer Bescheid. Aber er schickte sich darein, ließ den Superthronger in Sisseln stehen, kettete ihn diebstahlsicher an den Wagen und ging nach Suhr zurück, wo er wohnte.

Neun Tage später traf das Schreiben des Geologen bei der Aargauer Kantonspolizei ein. Der Wissenschaftler legte darin ausführlich dar, weshalb die Brücke, vielmehr ihr geologischer Unterbau, das Gesamtgewicht des Transports nicht vertrüge, und untermauerte die Aussage mit Diagrammen und Tabellen. Damit hatte man allerdings nicht gerechnet, aber Herr Lätt

wußte, was er dem Atomkraftwerk Beznau schuldig war.
Er setzte sich mit der Kantonspolizei zusammen und arbeitete eine neue Route aus, die direkteste von Sisseln nach Beznau. Die Brücke nach Döttingen war jetzt unerreichbar geworden, und so gab es keinen andern Weg, als von Norden her, also über den Rhein, nach Beznau zu stoßen, und zwar über die Brücke bei Schaffhausen, die einzige in der Nähe, die stark genug war. Einmal in Schaffhausen, galt es nur noch, die Töss zu umfahren, wegen ihrer durchwegs ungenügenden Brücken, somit über Wil. Das Toggenburg kam auch nicht in Frage, hauptsächlich wegen der Brücke bei Dietfurt, und so ging die Route über St. Gallen ins Rheintal bis nach Sargans, dann Richtung Zürich bis Sihlbrugg, von dort über Baar, Zug, Cham nach Affoltern am Albis und Dietikon und anstatt über die hohe Brücke bei Baden über die kleine, jawohl die kleine Holzbrücke bei Wettingen, die immer noch stark genug war, man mußte ihr bloß vorübergehend das Dach abnehmen und dazu eine Bewilligung des Heimatschutzes einholen, und schon war man in Beznau. Die Bewilligung würde allerdings einige Zeit brauchen, vielleicht mußte sich der Große Rat noch damit befassen, weil es ins Ressort des Baudeparte-

ments fiel, aber es würde ohnehin noch einige Zeit dauern, bis man mit dem Superthronger in Wettingen war, denn erst mußte man in Schaffhausen sein, und dazu mußte man den Rhein überqueren. Nun gab es ja die neue Rheinbrücke in Basel, die auch diesem Anspruch gewachsen war, und von dort brauchte man bloß über Freiburg durch das Höllental via Hüfingen nach Schaffhausen zu fahren.

Sofort machte sich Herr Lätt daran, die Genehmigung zu dieser Fahrt in Deutschland einzuholen, und füllte die elf Begleitformulare aus, die hierzu erforderlich sind. Nach zehn Wochen erhielt er die Erlaubnis zur Durchfahrt und holte seinen Superthronger in Sisseln wieder ab, sehr zum Leidwesen der Sissler, die daraus bereits eine Attraktion gemacht und ihn gegen Geld gezeigt hatten. Die Bewilligung des Heimatschutzes zur Entfernung des Daches auf der Wettinger Holzbrücke war zwar noch nicht eingetroffen, aber Herr Lätt nahm an, daß sich das schon ergeben werde, wenn er einmal mit seinem Superthronger dort sei, und machte sich auf den Weg. Beim Zollübergang in Basel suchte man den Superthronger kurz nach Rauschgift ab, doch sonst gab es keine Schwierigkeiten, da es sich um eine reine Transitangelegenheit handelte. Zu einer heiklen Situation kam es erst im Höl-

lental. Herr Lätt hatte nämlich bei seinen Berechnungen immer nur das Gewicht des Wagens in Betracht gezogen und hatte vergessen, daß sich auch aus der Länge Probleme ergeben könnten. Sein Doppelsattelschlepper war aber insgesamt 42 Meter lang. Resigniert mußte Herr Lätt mit den Hinterrädern voran aus der ersten schmalen Kurve der Ravennaschlucht herausfahren und die ganzen 23 Kilometer nach Freiburg zurück im Retourgang hinter sich bringen. Dort überprüfte er die Situation neu und stellte fest, daß er gebirgige Gebiete wegen der engen Kurvenradien unbedingt vermeiden mußte. Als beste Ausweichmöglichkeit bot sich der Weg über Karlsruhe, Ulm, Singen an, den Herr Lätt auch schon in der nächsten Nacht in Angriff nahm. Aber er hatte kein Glück. Sein 800 Tonnen schwerer Superthronger drückte bei Offenburg einige Asphaltplatten ein, und er wurde mit der Weisung von der Autobahn geschickt, sie erst wieder von Karlsruhe an zu benützen.
Das war ein harter Schlag. Es zeigte sich nämlich, daß die beiden gewöhnlichen Straßen nach Karlsruhe in tiefgreifenden Reparaturen waren, so daß Herr Lätt nur mehr der Umweg über Straßburg offenblieb. In Kehl wartete er vier Monate auf die französische Durchreisebewilligung, während die Forderungen der

Beznauer immer dringlicher wurden. Jeden Tag sprach er auf dem Straßburger Polizeisekretariat vor, jeden Tag wurde er mit dem Hinweis auf Paris weggeschickt. Als er die Bewilligung endlich in den Händen hielt, wollte er es zuerst gar nicht glauben, setzte sich jedoch unverzüglich in seinen Doppelsattelschlepper und machte sich auf den Weg.

Nun war aber in der Wartezeit die Brücke zwischen La Wantzenau und Drusenheim vorübergehend abgebrochen und durch eine provisorische Holzbrücke ersetzt worden, so daß an eine direkte Weiterfahrt Richtung Karlsruhe nicht zu denken war. Herrn Lätts Erhebungen ergaben, daß nur der Weg über Nancy und Metz in Frage kam, und als er nach fünf Tagen Nachtfahrt von Metz nach Saarbrücken abzweigen wollte, überraschte ihn der Metzer Polizeikommandant mit der Frage, ob er eigentlich wisse, daß vor Longeville-les-St.-Avold eine Unterführung komme, die nur 3,80 Meter hoch sei. Herr Lätt wußte bloß, daß sein Wagen mit der Bepackung 4,23 Meter hoch war, daß es also mit Saarbrücken vorderhand nichts war.

Nach einer eingehenden Besprechung mit dem Polizeipräfekten fuhr Herr Lätt nach Luxemburg weiter. Das Warten an der Grenze machte ihm jetzt schon weniger aus, er verdingte sich in Evrange als Lastwagenchauffeur und verdiente einige Wochen ganz gut. Da es ihm mit der Zeit zu teuer kam, immer in Hotels zu übernachten, schlief er in einem Schlafsack im Innern des Superthrongers, wo er sich ein gemütliches Eckchen mit einer Petroleumlampe und einem Foto von seiner Frau und seinen beiden Töchterchen Rösli und Marianne eingerichtet hatte. Luxemburg ist ein kleines Land, und so brauchte er nur anderthalb Monate auf die Transitbewilligung zu warten.

Jetzt mußte er aber unbedingt danach trachten, wieder nach Deutschland zu kommen, damit er endlich die Richtung nach Schaffhausen einschlagen konnte. Bei Trier war der Übergang nicht möglich, weil die Brücke bei Wasserbillig über die Sauer nur 600 Tonnen aushielt, und auch das nur bei extrem tiefem Wasserstand, während die Moselbrücke bei Remich als solche der Belastung wohl standgehalten hätte, nicht aber der Belag, der gegenwärtig versuchsweise von einem Pfälzer Kies- und Quetschwerk aufgelegt war und die Schleudergefahr bei Asphaltschmelzung erheblich herabsetzen sollte. Auch Anfragen in Echternach, Roth und Dasburg wurden negativ beantwortet, und Belgien, das die ganze Zeit drohend im Hintergrund gelegen hatte, war nun nicht mehr zu vermeiden.

In Wemperhardt, diesem traurigen luxemburgischen Grenzdörflein, wartete Herr Lätt neun Wochen auf die Einfuhrerlaubnis für Belgien. Es war Winter geworden, und den Heiligen Abend feierte er allein in seinem Superthronger mit einem Tannenbäumlein, das er auf dem Christbaummarkt von Tois-Vierges gekauft hatte. Seine Frau schickte ihm einen Pfeifenstopfer und die Töchterchen ein paar selbstgestrickte Pulswärmer. Herr Lätt schrieb einen langen Brief und versprach, es werde nun nicht mehr lange dauern, denn einmal in Deutschland, sei er im Hui in Schaffhausen, und ob die Bewilligung zum Abdecken der Wettinger Holzbrücke schon eingetroffen sei.
Ende Januar kamen seine 18 Fragebogen mit sämtlichen Stempeln versehen zurück, und Herr Lätt steuerte frohgemut über St. Vith nach Aachen, wo die sichere Autobahn wartete. Daß er den verschneiten Straßen des Hohen Venn über Lüttich ausweichen mußte, brachte ihn nicht aus der Fassung, ebensowenig die Tatsache, daß in Belgien Schwertransporte auf der Autobahn verboten sind. Unruhig wurde er erst, als man ihm die Höhe der Autobahnunterführung bei Herve mitteilte, 4,20 Meter, und er nach dem schon bedenklich weiter nördlich gelegenen Visé abdrehen mußte.

Die niederländischen Formulare waren etwas einfacher, es waren nur sechs, und da jedes Formular eine Woche zur Behandlung brauchte, öffnete sich der Schlagbaum für Herrn Lätt schon nach sechs Wochen. Die 48 Kilometer bis zur deutschen Grenze legte er in einer Nacht zurück, aber am anderen Morgen erwartete ihn bei der Zollstelle in Aachen eine unangenehme Überraschung. Seine seinerzeitige Transitbewilligung durch Deutschland war nämlich, wie im Kleingedruckten deutlich vermerkt, längstens acht Monate gültig, und da seit seiner damaligen Einreise über ein Jahr verstrichen war, mußte ein neues Durchreisegesuch gestellt werden, im Verkehr mit Holland auf zwölf Formularen. An eine Verlängerung der alten Bewilligung war auch nicht zu denken, da es sich jetzt um die Zollabteilung Nordrhein-Westfalen handelte und nicht mehr, wie zuvor, um diejenige von Baden-Württemberg.
Herr Lätt arbeitete dreieinhalb Monate in Vaals als Torfstecher, bis er aus Düsseldorf die Genehmigung zu seiner neuerlichen Einreise erhielt. Um nun diesmal wirklich sicherzugehen, fuhr er gleich zum Bundesfernstraßenbelastungsamt in Köln, welches, wie er inzwischen durch Schwertransportkollegen erfahren hatte, über Probleme dieser Art erstaunlich informiert

sei. Dort machte man ihm auf seine Gewichts-, Längen- und Höhenangaben hin innerhalb weniger Minuten klar, daß der einzige Weg in die Schweiz über die Autobahn nach München führe, und zwar wegen schlechten Straßenzustands bei Heidelberg und zu geringer Belastungsfähigkeit der Aischbrücke bei Adelsdorf über die Zonenautobahn Berlin–Leipzig–Hof. Beim Wort Zonenautobahn knickte Herr Lätt ein bißchen zusammen, und einen Moment lang hätte er fast den Mut verloren. Dann aber dachte er daran, daß er in den neunzehn Jahren seiner Chauffeurlaufbahn noch keinen einzigen Transport nicht zu Ende geführt hatte, und nahm sich vor, entweder mit dem Superthronger in die Schweiz zurückzukehren oder gar nicht. Entschlossen füllte er die Gesuchsformulare für die Zonendurchfahrt aus, vergaß auch den kleinen gelben Zusatzzettel nicht und schickte alles nach Ost-Berlin. Dann fuhr er nach Helmstedt, wo er eine Stelle als Garndreher fand.

Da er ein zuverlässiger und solider Arbeiter war, der sich in Abendkursen weiterbildete, stieg er schon nach zwei Jahren zum pensionsberechtigten Garndrehermeister auf und hatte alle Aussichten, es zum Obergarndreher zu bringen, als die Bewilligung aus Ost-Berlin eintraf. Für Herrn Lätt war klar, was er tun mußte, und nach einer kleinen Abschiedsfeier im engsten Garndreherkreise bestieg er die Führerkanzel seines Doppelsattelschleppers und fuhr nach einer zweitägigen Zollkontrolle in die DDR ein. Einmal drin, waren die Schwierigkeiten gering, es reute ihn bloß, daß er fast seine ganzen Ersparnisse vom Garndrehen in die nach Transittonnenkilometern berechnete Transitgebühr stecken mußte, die sich in den zwei Jahren verfünffacht hatte. Erleichtert legte er nach wenigen Tagen an der Grenzstelle Juchhöh bei Hof an und stellte sich zur Ausfahrt in die Bundesrepublik ein. Als ihn aber der Zollbeamte nach Durchsicht der Formulare ins Zollgebäude kommen ließ, ahnte Herr Lätt Schlimmes, und das mit Recht, hatte er doch tatsächlich auf dem vierundzwanzigsten Formular den schräggesetzten Zusatz übersehen, daß diese Transitpapiere nur für die Durchreise in ein weiteres sozialistisches Land gültig seien, nicht aber zum Austritt in die Bundesrepublik. Da die Papiere zudem nur für die Autobahn Gültigkeit besaßen, war die Ausreise über Stettin oder Frankfurt an der Oder nach Polen die einzige Möglichkeit.

Von da an werden die Nachrichten über Herrn Lätt spärlicher. Ein paar Jahre hindurch erhielt Frau Lätt in Suhr noch Postkarten aus östlichen Ländern, einmal aus der Nähe von Warschau mit dem Satz »Auf in die Tschechoslowakei!«, später aber, viel später, aus Riga, mit der Feststellung, es sei doch schwieriger gewesen, als er gedacht hätte, da es ihm nicht möglich gewesen sei, die Weichsel zu überqueren. Er berichtete kurz, daß er sie mit einem Riesenfrachter durch die Ostsee umschifft habe und jetzt von Riga aus Kurs auf die Slowakei nehme, um durch das ungarische Flachland über Wien ins Rheintal zu fahren. Rheintal war übrigens »Reihntal« geschrieben. Zwei Jahre danach traf eine Karte aus Saratow an der Wolga ein, auf der Herr Lätt in zittriger Schrift die Hoffnung ausdrückte, demnächst über die Türkei und den Balkan ... Seitdem fehlt von ihm jede Nachricht.

Das Beznauer Kraftwerk hat sich inzwischen einen Superthronger von der Firma Sulzer an Ort und Stelle fabrizieren lassen, Frau Lätt hat nach der Verschollenheitserklärung ihres Mannes wieder geheiratet, einen Elektrowickler aus Buchs, und ihre beiden Töchter besuchten das Seminar Aarau und sind jetzt beide Lehrerinnen, die eine in Zuzgen, die andere in Turgi.

Kürzlich aus der Sowjetunion zurückgekehrte Volkskundler berichten von einer neuen Sage im Ural, wonach ein brüllendes Eisenungeheuer, von einem weißbärtigen Fremden geritten, des Nachts die Straßen verwüste und sich langsam nach Osten bewege.

Die drei Beobachter

Drei Freunde beschlossen einmal, von jetzt an alle etwas zu beobachten.
»Ich werde die Hirsche beobachten«, sagte der erste, »wo sie durchgehen, was sie fressen, was sie miteinander tun.«
Der zweite sagte: »Ich will die Sterne beobachten. Wie sie sich verschieben, wie sie entstehen und verlöschen, wie sie sich um andere Sterne drehen.«
»Und ich«, sagte der dritte, »ich will Häuser beobachten. Wie sie dastehen, wie sie ihre Farbe verändern, wie sie einstürzen.«
Da wunderten sich die andern beiden sehr und versuchten ihn von seinem Vorhaben abzubringen. Häuser, sagten sie, könne man doch nicht beobachten, auch sei ein Hauseinsturz etwas sehr Seltenes, und überhaupt werde er es mit dieser Tätigkeit nirgends hinbringen.
Der dritte ließ sich aber nicht davon abhalten, und so trennten sie sich und vereinbarten, daß sie sich nach zwölf Jahren wieder am selben Ort treffen wollten.
Als sie sich nach dieser Zeit wieder sahen, konnten

die beiden ersten kaum warten, bis sie erzählt hatten, was aus ihnen geworden war, der eine war bereits ein bekannter Hirschforscher und der andere ein aufstrebender Astronome.

»Und du?« fragten sie den dritten, der alt aussah, »hast du deine Häuser beobachtet?«

»Ja«, sagte der dritte, »ich habe die ganze Zeit nichts anderes getan.«

»Und hast du je ein Haus einstürzen gesehen?« fragte der zweite.

»Nein«, sagte der dritte, »ich habe nie ein Haus einstürzen gesehen, und ich habe es auch nicht zu etwas gebracht wie ihr. Trotzdem ist es geradezu unheimlich, was ich alles erlebt habe.«

Die Hinrichtung

Gestern habe ich einer Hinrichtung beigewohnt.
Zum Tode verurteilt war eine Frau von etwa fünfzig Jahren. Sie näherte sich dem Richtplatz von rechts in einem Auto, indem sie drei in einer Stopstraße wartende Wagen überholte und auf die Kreuzung hinausfuhr, wo eine Kolonne von stehenden Wagen in der Mitte eine Lücke für die Verurteilte freigelassen hatte.
Während sie auf diese Lücke zusteuerte, nahte hinter der Kolonne auf der Gegenfahrbahn, für die Verurteilte unsichtbar, in einem Sportwagen der Scharfrichter.
Seine Fahrt war gut berechnet.
Im selben Moment, in dem die Verurteilte durch die Lücke fuhr, prallte er von rechts in ihren Wagen, der dadurch leicht in die Luft gehoben wurde und weiter links auf der Kreuzung zum Stehen kam.
Die Verurteilte war bewußtlos an die seitliche Scheibe gesunken, ein roter Blutstreifen rann über ihre Stirn. Als die blauuniformierten Vollstreckungswächter die Tür öffneten, um ihren Körper wegzubringen,

atmete sie noch, aber es war ein Atmen, das zeitweise in ein Röcheln überging.
Der Scharfrichter hatte beim Aussteigen nichts mehr von einem Scharfrichter an sich. Er sah ratlos zu, wie das Kühlwasser aus seinem zerstörten Wagen auslief, zitterte am ganzen Leib und machte überhaupt den Eindruck eines verzweifelten Menschen.
Er hatte, wie sich später herausstellte, nichts von seiner Ernennung zum Scharfrichter gewußt.
Ebenso hatte die Frau, das versicherten ihre Angehörigen, nichts von ihrer Verurteilung erfahren, und auch mir hatte niemand gesagt, daß ich zum Zeugen bestellt worden war.

Das Fußballspiel

Nur gering war das Interesse für das Fußballspiel der Lebenden gegen die Toten. Die Lage war zu klar, der Favorit zu eindeutig, als daß das Spiel große Massen angezogen hätte, ja, genau genommen war ich sogar der einzige Zuschauer.

Es kam aber anders, als man hätte denken können.

Die Toten waren schon lang vor Beginn des Spiels so aufgestellt, daß sie im Feld keinen einzigen Mann stehen hatten, sondern so ins Tor eingepfercht waren, daß sie dieses vollkommen verriegelten.

Als nun das Spiel begann, rannten die Lebenden vergeblich gegen die Toten an, von denen jeder Ball wie von einer Mauer zurückflog. Die Lebenden konnten dribbeln und tänzeln und köpfeln soviel sie wollten, im Tor der Toten gab es keine Lücke.

In der Halbzeit, als sich die Lebenden in ihren Kabinen duschten, schob ein Mann in einem langen schwarzen Mantel die Toten auf einem Karren ins andere Tor und baute sie dort genau so auf wie vorher.

Nach der Pause änderten die Lebenden zunächst ihre Taktik; sie versuchten die Toten mit Witzen und Ka-

priolen zum Lachen zu bringen, kitzelten sie sogar, aber als die Toten genauso starr blieben, schossen sie wieder mit allen Kräften auf das gegnerische Tor, ohne daß ihnen allerdings ein Treffer gelang.
Kurz vor Schluß, als sich auch der Torwart der Lebenden mit einem Scharfschuß versuchte, prallte der Ball so stark von den Toten ab, daß er ins leere Tor der Lebenden flog, und das Spiel endete 1:0 für die Toten.
Als der Mann im langen schwarzen Mantel die Toten auf dem Karren vom Platz schob und ich den Captain der Lebenden fragte, was er in Zukunft tun wolle, um solche Niederlagen zu verhindern, sagte er: »Wir werden wohl alle etwas stärker zusammenhalten müssen.«

Saftiges Kaninchenfleisch

Schon lange war mir aufgefallen, daß das saftigste Kaninchenfleisch auf unserm Markt von Herrn Wettstein angeboten wurde, einem etwas untersetzten, rotbackigen Mann mit einer Baskenmütze, der auch bei Kälte und Regen stets fröhlich vor den Läufen seiner aufgehängten Kaninchen stand. Als ich ihn einmal fragte, was eigentlich das Geheimnis seines kräftigen Fleisches sei, sagte er, ich könne ihn ja einmal besuchen. Um zehn Uhr morgens oder um vier Uhr nachmittags sei die beste Zeit.

Kurz vor zehn Uhr traf ich bei ihm ein, er wohnte in einer Vorortsgemeinde am Rand eines kleinen Waldes, und neben seinem Häuschen befand sich ein großer Schuppen, aus dem eine angenehme Tierwärme drang. Herr Wettstein stellte mir zuerst seine Frau vor, die ihm in Statur und Wesen glich, und bat mich dann, den Stall zu betreten, er käme mit seiner Frau gleich nach.

Ich ging hinein und sah mit Wohlgefallen, daß die Kaninchen nicht in einzelne Käfige gezwängt waren, sondern sich im ganzen Raum frei bewegen konnten;

dieser Raum war auch nicht abgetrennt, man stand, wenn man hineinkam, mitten unter den Kaninchen. Meine Ankunft löste bei den träge herumhopsenden Tieren (waren es hundert? zweihundert?) keine besondere Unruhe aus, einige machten ein paar Hüpfer zur Seite, andere stellten bloß die Ohren in die Höhe oder richteten sich auf, andere wieder näherten sich mir vorsichtig und schnupperten an meinen Schuhen, aber die meisten nahmen von mir gar keine Notiz. Im Zentrum des Stalles war ein Futtertrog, weiter hinten sah ich nun doch ein paar Käfige, wo wahrscheinlich die Weibchen mit den frischgeworfenen Jungen lagen, und ich wollte gerade dorthin gehen, als etwas Sonderbares geschah.

Die Türe wurde aufgestoßen, und mit grauenhaftem Gebrüll stürzten zwei rot vermummte Wesen mit hohen Hüten herein und sprangen wild gestikulierend in die größte Gruppe der Kaninchen, welche sofort auseinanderstob. Unablässig brüllend rasten nun die Gestalten um den Futtertrog und dann den Wänden des Stalles nach, wohin sich zuerst die meisten Kaninchen geflüchtet hatten, schwenkten dazu ihre weiten Ärmel, blieben manchmal kurz stehen und hüpften am Ort einigemale auf und ab, trampelten mit den Füßen auf den Holzboden, schlugen auch mit den Fäusten gegen die Wände oder warfen sich auf einzelne der Kaninchen, welche hakenschlagend zu entkommen suchten und in ihrer Todesangst mit spitzen Schreien durcheinanderrasten, in einem Tempo, das ich diesen schweren Tieren niemals zugemutet hätte. Ich stand wie angewurzelt da, während um mich herum ein Wirrwarr von aufgewirbeltem Heu, von Fellen, Ohren, Pfoten und gellenden Tönen tobte, der mir fast den Atem nahm. Ich hielt unwillkürlich die Hände vors Gesicht. Ebenso schnell wie sie gekommen waren, verschwanden die beiden Figuren wieder durch die Türe, und es dauerte eine Weile, bis sich der Staub im Stall wieder legte und die Kaninchen sich beruhigten.

Als Herr und Frau Wettstein zu mir traten, hatten sie Schweißperlen auf der Stirne, und ihre Gesichter waren gerötet.

»Warum, um Gottes willen, machen Sie das?« fragte ich sie.

»Sehen Sie«, sagte Herr Wettstein tief atmend, »Kaninchen sind dazu geschaffen, Angst zu haben. Das ganze Tier ist auf Flucht und Angst angelegt. Schauen Sie sich die langen Hinterläufe an, Sie haben ja selbst gesehen, was sie damit für Haken schlagen können. Die langen Ohren, wissen Sie, woher die langen Ohren kommen? Das ist die einzige Stelle am Kaninchen, wo der Angstschweiß austreten kann, weil da kein Fell ist. Und wer so große Ohren hat, muß auch große Angst haben. Was passiert aber mit den Kaninchen, die die Angst nicht kennen? Sie hocken trüb und verfettet in ihren Käfigen, und ihr Fleisch ist nichts als Wasser, das merken Sie, wenn es in der Pfanne auf die Hälfte zusammenschrumpft. Deshalb jagen wir unseren Kaninchen jeden Tag einen tüchtigen Schrekken ein, der ihnen ihre Säfte durch den ganzen Körper treibt.«

»Und das machen Sie um zehn Uhr und um vier Uhr?«

»Ja«, sagte Frau Wettstein, »das machen wir zweimal täglich.«

Und beide strahlten, immer noch leicht keuchend, eine große Zufriedenheit aus, ähnlich wie Menschen, die gerade einen Waldlauf hinter sich haben.

Eine üble Gewohnheit

Ein Bekannter von mir hat eine Gewohnheit, die man nur als übel bezeichnen kann. Seine liebste Beschäftigung ist es nämlich, Erdbeeren zu zerquetschen. Dies tut er nicht etwa, um sie zu einem Mus zu verarbeiten oder sonstwie aufzuessen, sondern er läßt sie in diesem Zustand in seiner Wohnung liegen. Wo immer man seinen Fuß aufsetzt, tritt man auf zerquetschte Erdbeeren, auch wenn man sich auf einen Stuhl niederläßt, schaut man besser zuerst, ob auf der Sitzfläche nicht Erdbeeren kleben; manchmal legt er ein Kissen auf den Stuhl, auf dem keine Erdbeeren zu erkennen sind, hat man sich aber darauf gesetzt, merkt man an der Feuchte, daß das Kissen inwendig voll Erdbeeren ist, die man gerade durch das Draufsitzen zerquetscht hat, ein Vorgang, den mein Bekannter mit leicht vorgerecktem Hals und halb geöffneten Lippen zu verfolgen pflegt. Schlägt man bei ihm ein Buch auf, sind sicher irgendwo die Seiten durch eine eingetrocknete Erdbeere zusammengeklebt, will man bei ihm telefonieren, läßt sich die Wählscheibe nur mühsam drehen, weil zerquetschte Erdbeeren daruntergestopft

sind, drückt man ihm zum Abschied die Hand, hat man nachher eine zerquetschte Erdbeere darin. Vorsicht ist geboten, wenn man bei ihm übernachten will. Er sieht zwar meistens davon ab, Erdbeeren zwischen die Leintücher zu stecken (das tut er nur bei sich selbst), aber dafür reicht er einem vielleicht eine Bettflasche, die sich ungewöhnlich schwer anfaßt, bis man draufkommt, daß sie mit heißen Erdbeeren gefüllt ist, ein Gefühl, bei dem sich fast nicht einschlafen läßt. Befremdend wirkt auch, daß er die einmal zerquetschten Erdbeeren nicht gleich beseitigt, sondern über längere Zeit hinweg so liegen läßt, wodurch es in der ganzen Wohnung ständig nach Schimmel riecht.
Was meinen Bekannten dazu geführt hat, eine solche Gewohnheit anzunehmen, weiß ich nicht, man kann mit ihm nicht darüber sprechen, im übrigen weiß ich auch nicht, wie es ihm zurzeit geht, denn im Moment, wo ich das schreibe, wird mir bewußt, daß ich ihn schon jahrelang nicht mehr besucht habe.

Die neue Nachbarin

Unsere neue Nachbarin, das bemerkten wir bald, schaute sich abends am liebsten Kriminalfilme im Fernsehen an.

Wenn meine Frau und ich abends auf dem Balkon ein Glas Wein tranken oder Karten spielten, hörten wir aus dem offenen Fenster gegenüber Musik, die sich dramatisch steigerte, Schüsse, Schreie, Polizeisirenen. Öfters bekamen wir auch einzelne Sätze mit wie: »Das hättest du dir besser früher überlegt, Jim!« oder »Kommt mal hier rüber, Jungs!« oder »Und du kleine Kröte meinst, ich merke das nicht?«, lauter Sätze, die schon von weitem nach Drehbuch riechen, und kurz danach wurde jeweils geballert, gekämpft oder geschrien.

Als an einem schönen Sommerabend kurz vor Mitternacht aus dem Nachbarhaus der einfältige Satz »Das Spiel ist aus, Schätzchen!« zu hören war, gefolgt von einem trockenen Schuß, dachten wir uns nichts Besonderes dabei. Auch das rasch quietschende Anfahren eines Autos kurz danach war uns von den Filmen her ein vertrautes Geräusch, und erst als uns die

Polizei am nächsten Tag fragte, ob uns gestern Nacht zur Tatzeit nichts aufgefallen sei, fiel es uns wie Schuppen von den Augen.

Die Befreiung

»Da bin ich!« rief der Prinz, als er mit seinem Schwert im Dornenhain auftauchte, »komm mit!«
»Wohin?« sagte die Prinzessin und richtete sich langsam von ihrem Lager aus Jutesäcken auf.
»In die Freiheit! Rasch!« sagte der Prinz, indem er sich mit dem Ärmel das Blut aus dem Gesicht wischte. »Ich habe mir, als ich den Drachen wegfliegen sah, einen Gang durch die Dornen gehauen. Komm mit, bevor er wieder da ist!«
»Wieso?« fragte die Prinzessin.
»Wie kannst du so etwas fragen?« sagte der Prinz. »Draußen ist die Freiheit, das Leben, die Freude. Du kannst wieder in einem richtigen Bett schlafen, dich waschen und kämmen und schön anziehen.«
Und er blickte auf die Bettstelle der Prinzessin und auf ihr zerrissenes Kleid, unter dem überall die Haut zu sehen war, mit einem rötlichen Ausschlag, der über den ganzen Körper zu gehen schien.
»Ich liebe den Drachen«, sagte die Prinzessin.
Der Prinz war fassungslos. »Was? Dieses garstige, ruppige, schuppige Vieh?«

»Ja«, sagte die Prinzessin. »Er kann fliegen, und wir lieben uns immer in der Luft. Das Gefühl, wenn ich hoch oben schwebe, mich an ihn klammere und er mir sein feuriges Glied zwischen die Schenkel treibt, ist unbeschreiblich.«

»Es gibt doch noch anderes«, sagte der Prinz.

»Ja«, sagte die Prinzessin, »aber es ist alles nichts gegen dieses eine Gefühl.« Und sie sah ohne Mitleid zu, wie der Drache, der soeben zurückgekehrt war, den Prinzen zertrat.

»Komm«, sagte sie zum Drachen, »komm, wir wollen fliegen.«

Sie umarmte ihn, und zusammen erhoben sie sich in die Luft.

Der Verkäufer und der Elch

Kennt ihr das Sprichwort »Dem Elch eine Gasmaske verkaufen«? Das sagt man in Schweden von jemandem, der sehr tüchtig ist, und ich möchte jetzt erzählen, wie es zu diesem Sprichwort gekommen ist.
Es gab einmal einen Verkäufer, der war dafür berühmt, daß er allen alles verkaufen konnte.
Er hatte schon einem Zahnarzt eine Zahnbürste verkauft, einem Bäcker ein Brot und einem Obstbauern eine Kiste Äpfel.
»Ein wirklich guter Verkäufer bist du aber erst«, sagten seine Freunde zu ihm, »wenn du einem Elch eine Gasmaske verkaufst.«
Da ging der Verkäufer so weit nach Norden, bis er in einen Wald kam, in dem nur Elche wohnten.
»Guten Tag«, sagte er zum ersten Elch, den er traf, »Sie brauchen bestimmt eine Gasmaske.«
»Wozu?« fragte der Elch. »Die Luft ist gut hier.«
»Alle haben heutzutage eine Gasmaske«, sagte der Verkäufer.
»Es tut mir leid«, sagte der Elch, »aber ich brauche keine.«

»Warten Sie nur«, sagte der Verkäufer, »Sie brauchen schon noch eine.«
Und wenig später begann er mitten in dem Wald, in dem nur Elche wohnten, eine Fabrik zu bauen.
»Bist du wahnsinnig?« fragten seine Freunde.
»Nein«, sagte er, »ich will nur dem Elch eine Gasmaske verkaufen.«
Als die Fabrik fertig war, stiegen soviel giftige Abgase aus dem Schornstein, daß der Elch bald zum Verkäufer kam und zu ihm sagte: »Jetzt brauche ich eine Gasmaske.«
»Das habe ich gedacht«, sagte der Verkäufer und verkaufte ihm sofort eine. »Qualitätsware!« sagte er lustig.
»Die andern Elche«, sagte der Elch, »brauchen jetzt auch Gasmasken. Hast du noch mehr?« (Elche kennen die Höflichkeitsform mit »Sie« nicht.)
»Da habt ihr Glück«, sagte der Verkäufer, »ich habe noch Tausende.«
»Übrigens«, sagte der Elch, »was machst du in deiner Fabrik?«
»Gasmasken«, sagte der Verkäufer.

P. S. Ich weiß doch nicht genau, ob es ein schwedisches oder ein schweizerisches Sprichwort ist, aber die beiden Länder werden ja oft verwechselt.

Die Riesen im Parkhaus

Drei Riesen gingen einmal in ein Parkhaus.
»Ich gehe ins Parterre«, sagte der erste.
»Ich in den ersten Stock«, sagte der zweite.
»Ich in den zweiten«, sagte der dritte.
Dann nahm jeder eine schwere Eisenstange, ging in seinen Stock und zertrümmerte alle Autos, die dort abgestellt waren.
Nachher trafen sie sich am Ausgang, gingen zusammen fort und kamen nie wieder.

Der Liederhörer

Eines Tages hatten alle Festivals, Sängertreffen und Workshops ihre kreativitätsfördernde Wirkung getan, und es gab so viele Liedermacher, daß niemand mehr übrigblieb, um die Lieder zu hören. Jeder besaß eine Gitarre, jeder beherrschte die einfachsten Griffe, jeder verfügte über einige Reimwörter, aus denen er ein paar Strophen basteln konnte, und wenn er selbst keine zustande brachte, sang er die seines Nachbarn oder die seiner Vorbilder.
Das war die Zeit, als der lange Ulli Linnenbrink aus Kreuzberg plötzlich bekannt wurde, weil er eine ganz außergewöhnliche Fähigkeit hatte: Er konnte Lieder hören. Er hatte eine Art, dazusitzen und dem, der Lieder sang, mit übereinandergeschlagenen Beinen, mit leicht gefalteten Händen und verständnisvollem Gesichtsausdruck zuzuhören, die jeden Liedersänger zu Höchstleistungen antrieb. Hatte er sein Talent anfänglich nur in kleinem Kreise, vor Freunden und Kollegen und ab und zu in einer Kreuzberger Kneipe zur Geltung gebracht, wurde bald ein namhafter Liedersänger auf den begabten jungen Mann aufmerk-

sam, und nun ließ sich sein Aufstieg nicht mehr verhindern. Bald trat er in großen Theatern auf, er setzte sich auf die Bühne, und der ganze Saal war voller Liedermacher, von denen ihm jeder ein Lied vorsingen durfte, zu dem Ulli dann nickte und manchmal auch applaudierte, was für den Betreffenden ein großer Erfolg war. In welcher Stadt auch immer die Plakate »Ulli Linnenbrink hört Lieder!« hingen, die Liedermacher rissen sich die Karten aus den Händen. Linnenbrinks erste Platte, auf der er nur leise atmete und gelegentlich etwas Beifall klatschte oder »Das war aber sehr schön« sagte, wurde ein Erfolg, der jede Liedermacher-Platte in den Schatten stellte.

Natürlich fand er viele Nachahmer, die auch zu ihm in Kurse kamen, aber seltsamerweise minderte das den Ruhm und den Erfolg Linnenbrinks keineswegs. Darauf angesprochen, pflegte Ulli nur mit dem Kopf zu nicken und zu sagen: »Tja, es ist schon so, Lieder*machen* ist keine Kunst, aber Lieder*hören* kann nicht jeder.«

Die Reinigung

In eine Wäscherei kam einmal ein Mann und brachte eine Hose, die einer gründlichen Reinigung bedurfte, denn sie war durch und durch schwarz vor Schmutz. Als er sie wieder abholen wollte, reichte ihm die Verkäuferin eine Plastiktasche und sagte, mehr sei von der Hose nicht übriggeblieben.

»Die ist ja leer!« sagte der Mann.

»Ja«, sagte die Verkäuferin, »dafür ist dieser entsetzliche Dreck weg.«

»Da haben Sie recht«, sagte der Mann, nahm die Tasche, bezahlte die Rechnung und ging.

Der Skarabäus

Ein junger Holzfäller wollte sich einmal, nachdem er im Bergwald einen Baum umgesägt hatte, etwas ausruhen und setzte sich auf einen Felsblock, der in der Nähe lag. Sogleich sprang er wieder auf, denn er merkte, daß er sich auf etwas Lebendiges gesetzt hatte, das nun davonkroch.

Es war ein Wesen mit sechs Füßen, einem enormen, fell- und flügellosen Rumpf und einem Kopf, der in eine spitze Schnauze ohne sichtbaren Mund auslief.

Dieses Wesen, das größer war als der Holzfäller selbst, zwängte sich rückwärts in eine Höhle am Fuß der Fluh, blieb gleich hinter dem Eingang sitzen und starrte hinaus.

Der Holzfäller rannte in sein Dorf, holte sein Gewehr und erzählte den andern, die er antraf, was er gesehen hatte. Einige seiner Freunde nahmen nun ebenfalls ihr Gewehr mit und begaben sich zu der Höhle, in welche sich das Wesen geflüchtet hatte.

Als sie es dort nicht mehr sahen, schossen sie ein paarmal ins Dunkle hinein, aber auch dann regte sich

nichts, und schließlich gingen die andern wieder nach Hause und lachten den Holzfäller aus.
Von diesem Tag an ging es aber schlecht im Dorf. Fast jedem Bauern starb ein Rind oder ein Schwein, die Gemüsegärten wurden von Schnecken überfallen und zerfressen, Raubvögel begannen kleine Kinder anzugreifen, steile Straßenstücke rutschten plötzlich in die Tiefe, und in den Wäldern begannen die Tannenbäume umzustürzen, daß Tag und Nacht ein Krachen in der Luft lag. Aus dem Telefonapparat auf der Post quoll eine grünliche Salbe, die Leute mußten nachts aus ihren Betten rennen und erbrechen, und eines Morgens tauchte ein Rudel Wölfe auf dem Friedhof auf, trabte lautlos durch die Hauptstraße und verschwand am Ende des Dorfes im Wald.
Nun verließen alle Bewohner das Dorf, zogen entweder zu Verwandten oder Freunden oder versuchten anderswo ein neues Leben anzufangen. Der Holzfäller wanderte nach Asien aus und kehrte nie mehr zurück. Er war gerade daran, sein Erlebnis allmählich zu vergessen, als er einmal ein Museum betrat und dort eine Skulptur sah, welche das Tier darstellte, das er damals gesehen hatte. Es war genau gleich groß, nur war es aus Stein, und darunter stand: Skarabäus.
»Jetzt weiß ich, was ich hätte anders machen sollen!«

rief der Holzfäller laut, bevor der Skarabäus durch die zersplitternde Scheibe kroch und ihm mit seinen zwei vordersten Füßen den Kopf abriß.

Ein erschreckender Anblick

Als Herr Direktor J., bevor er von zu Hause wegging, noch rasch in den Spiegel seines Korridors schaute, erschrak er.

Sein Anzug war zwar in Ordnung, auch die Krawatte saß, aber dort, wo sonst sein Gesicht war, sah er einen Wasserhahn.

Das muß eine Täuschung sein, dachte Herr J. und wollte sich ins rechte Ohr kneifen, aber statt dessen drehte er das heiße Wasser auf, das sich nun in einem vollen Strahl auf sein Hemd ergoß.

Mit einem Aufschrei schloß er den Hahn wieder, und in dem Moment sah er, daß er sich wirklich getäuscht hatte – im Spiegel war sein normales Gesicht, und auch als er es mit den Händen abtastete, änderte sich nichts mehr, von einem Wasserhahn konnte keine Rede sein.

Beruhigt wandte sich Herr Direktor J. der Türe zu, da merkte er, daß er so nicht gehen konnte. Sein Anzug war durch und durch naß, und unter dem Hemd spürte er einen brennenden Schmerz, der langsam stärker wurde.

Eine Flugzeuggeschichte

In einem Flugzeug löschten während eines sehr unruhigen Fluges plötzlich drei Buchstaben einer Leuchtschrift aus. Die Aufforderung NO SMOKING hieß jetzt NO KING. Dem schenkte niemand Beachtung, bis die Passagiere bemerkten, daß trotz der Ankündigung, man werde jetzt bald landen, das Flugzeug nicht landete. Einigen Leuten schien es, der Ankunftsort sei erreicht, und sie glaubten ihn bereits tief unter sich wahrzunehmen, tiefer unten, als die Stadt eigentlich bei einem Anflug hätte sein müssen. Es machte sich jetzt auch eine gewisse Hast unter den Stewardessen bemerklich, man sah, daß sich zwei etwas zuflüsterten und sich dann die dritte zur Pilotenkabine begab. Als sie wieder herauskam, war sie sehr bleich, und ihre Lippen zitterten, als sie sagte: »Ist zufällig ein König unter den Passagieren?« In der ersten Klasse erhob sich ein kleiner, dunkler, kraushaariger Herr mit einer goldumrandeten Brille und stellte sich als König eines afrikanischen Landes vor, das wie Basotho oder Basoko tönte. Die Stewardeß bat ihn, mit ihr nach hinten zu kommen. Dort sprach sie sehr eindringlich mit ihm, aber so leise, daß niemand verstand, was sie sagte. Man sah nur, wie sich gleich darauf eine Luke im Boden öffnete, durch die der König in aufrechter Haltung, wenn auch mit etwas traurigem Blick, hinaussprang.

Hierauf fiel die Leuchtschrift ganz aus, und das Flugzeug landete mit geringer Verspätung an dem zur Ankunft vorgesehenen Ort.

Der Sonderling

Er war keine alltägliche Erscheinung. Schon von weitem sah man ihm an, daß er eigentlich ein anderer war. War es der Buckel, der ihm aus dem linken Schulterblatt über den Kopf hinauswuchs und auf dem sich ein Zwergreiherpaar eingenistet hatte, welches jeden, der sich nähern wollte, mit langen Schreien vertrieb? Oder war es sein Gang, der bei aller Behendigkeit etwas Hinkendes hatte, was vielleicht daher kam, daß sein rechtes Bein ein Krokodilschwanz war? Möglicherweise war es auch der Unterleib einer Nixe, die sich in seinem bis über die Knie reichenden Fellmantel versteckte. Genau konnte man es nicht sagen, denn die Reiher ließen niemanden nahe heran, und auch wenn man einen Feldstecher auf ihn richtete, erkannte man ganz unterschiedliche Einzelheiten. So schien es einem manchmal, seine Ellenbogen seien mit Schildkrötenpanzern überzogen, und aus seiner Brust, die immer halb entblößt war, schauten zwei Schweineschnauzen. Um den Gürtel herum war der Mantel stark gewölbt und in ständiger Bewegung, bei günstigem Wind trug es einem Pferdegetrappel an die

Ohren, und man vernahm Zurufen und Klatschen einer großen Menschenmenge. Von ihm selber allerdings hat nie jemand etwas anderes gehört als die krächzende Ermunterung: »Hopp, meine Bären!« Seinen Mund bekam man kaum zu sehen, weil er unter dem Elefantenrüssel, der seine Nase war, stets verdeckt blieb. Seine Haare waren nicht eigentlich Haare, sondern ein Nest von Blindschleichen, aus dem sich die Zwergreiher von Zeit zu Zeit eine herauszerrten. Das waren die Momente, in denen man den Sonderling röhren hörte wie einen Hirsch. Dann ließen die Leute, die ihn von ihren Booten aus beobachteten, wie er an der Mündung des Kanals hin und her ging, die Feldstecher sinken und packten ihre Ruder. Einige sagten auch, sie hätten seine Augen gesehen. Sie seien lid- und wimpernlos, und wenn man den Feldstecher ganz scharf einstelle, dann seien es zwei Weltkugeln, die sich im Kopf des Sonderlings um sich selbst drehten.

Auch sein Domizil ist ungewöhnlich. Er hält sich nicht in Häusern, Dörfern und Städten auf wie wir, sondern haust zwischen zwei Buchdeckeln, und er lebt eigentlich nur, wenn man das Buch unvermittelt aufschlägt. Manche aber, die das Buch aufgeschlagen haben, sagen, daß er seither auch bei ihnen lebe, und es scheint, daß er im Begriff ist, seinen bisherigen Wohnort zu verlassen und nach und nach in die Gehirne der Leute einzudringen.

Die Karawane

Noch nie hatte ich so tief in den Milchkrug hineingeschaut wie diesmal, als ich ihn so gründlich reinigen wollte, daß auch die weißen Ringe im Innern verschwänden, die sich in Bodennähe von stehengelassener Milch gebildet hatten. Deshalb war mir auch noch nie aufgefallen, daß sich am Boden des Krugs eine Sandwüste ausdehnte, auf die ich wie aus einem Flugzeug hinunterblickte.

Zwischen den vielen Dünen, die einem erstarrten Gewässer glichen, bemerkte ich plötzlich eine Karawane, die sich langsam vorwärts bewegte. Ich flog etwas tiefer und sah, daß es eine Kamelkarawane sein mußte, deutlich waren die langen Hälse der Tiere zu erkennen, die sich zäh-elastisch im Rhythmus ihres Ganges vor- und zurückbewegten.

Zwei Kameltreiberfiguren schritten mit, der eine vor der Karawane her und der andere am Schluß derselben, in langen weißen Mänteln, welche im Winde flatterten, der hier trotz des hellblauen Wetters ziemlich scharf zu sein schien. Gerade wollte ich mich daranmachen, die Last der Kamele genauer zu betrachten,

da hörte ich, wie der rückwärtige Kameltreiber dem vorderen etwas zurief, das außerordentlich erregt tönte.
Beide warfen sich zu Boden, und im selben Moment fiel von hinten eine Elefantenherde über die Kamelkarawane her, trampelte sie nieder, und jeder Elefant fraß mit großer Geschwindigkeit ein Kamel auf. Dann trotteten die Elefanten gemächlich davon, die Kameltreiber hoben ihre Köpfe und fanden sich in der Wüste allein mit den Elfenbeinschnitzereien, die aus den zerfetzten Stoffballen in den Sand gefallen waren.
Ich hob meinen Kopf vom Milchkrug hoch, schaute dann wieder hinein, aber die Wüste war verschwunden.
Ich wußte, es war unmöglich, daß sich so etwas auf dem Boden eines Milchkrugs ereignet.
Trotzdem habe ich es gesehen.

In Nevada

Als der Zisternensattelschlepper über die Brücke mit dem ausgedörrten Bachbett gefahren war, setzte plötzlich eine Musik mit Streichern ein, die mit solcher Macht aus den Bergen auf den Highway Nr. 15 herunterbrauste, daß der Lastwagenchauffeur anhielt und über Funk die nächste Polizeistreife benachrichtigte. Als der Streifenwagen eintraf, hatte sich eine Mundharmonika über die Streicher gelegt, die in langsamen Synkopen eine Melodie voller Weite und Fernweh spielte.

»Hören Sie das?« fragte der Chauffeur, immer noch fassungslos.

Die zwei Polizisten stiegen aus und horchten.

»Das ist schon richtig«, sagte der erste.

»Es ist von Morricone«, sagte der zweite.

Dann stiegen sie wieder ein und fuhren weiter.

Der Lastwagenchauffeur blieb kopfschüttelnd zurück, während sich zu den Streichern und der Mundharmonika eine gewaltige Bläsergruppe gesellte.

Der Traum

Eine Frau wachte einmal nachts auf und hatte das Gefühl, etwas Wichtiges geträumt zu haben, nur wußte sie nicht mehr, was. In der nächsten Nacht ging es ihr ebenso, da dachte sie, vielleicht behalte sie es, wenn sie es gleich aufschreiben könne, und legte sich einen Notizblock mit einem Bleistift neben das Bett. Als sie in dieser Nacht wieder erwachte, schrieb sie etwas auf und schlief sofort wieder ein. Am Morgen griff sie voller Spannung nach dem Notizblock. Darauf stand:

$$2 + 2 = 5$$

Die Frau lachte, riß den Zettel ab und nahm ihn mit ins Büro. Dort heftete sie ihn mit einem Reißnagel über ihren Arbeitsplatz.

»Was ist das?« fragte ihr Vorgesetzter.

»Ein Traum«, sagte die Frau.

»Also nehmen Sie es wieder ab«, sagte ihr Vorgesetzter, »das ist ja falsch.«

»Es ist zwar falsch, aber wahr«, sagte die Frau.

»Entweder Sie oder der Zettel«, sagte der Vorgesetzte.

»Dann gehen wir beide«, sagte die Frau, steckte den Zettel sorgfältig in ihr Handtäschchen und ging.

Der Haken

Als er erwachte, hing der Haken immer noch über ihm. Deshalb glaubte er zuerst gar nicht, daß er erwacht war, sondern nahm an, er träume immer noch. Er war Ingenieur und somit Realist und wußte, daß es nur ein Traum sein kann, wenn man erwacht und den riesigen Haken eines Krans über sich sieht; dies war für ihn um so gewisser, als er gerade vor dem Erwachen einen solchen Traum gehabt hatte.

Er sei, hatte er geträumt, in seinem Bett gelegen, allerdings habe dieses Bett in einem fremden Haus gestanden, einem älteren Backsteinbau, der ein bißchen dem glich, den er vor einer Woche abgerissen hatte, und eine Trauerweide, ähnlich derjenigen im Garten, den er letzthin in eine Parkgarage verwandelt hatte, habe ihre Äste durch das Fenster in sein Zimmer hängen lassen.

Da sei plötzlich durch die zersplitternde Decke ein Kranhaken gedrungen und habe sich auf ihn gesenkt. Er selbst hätte einen Gurt umgehabt, der so locker gewesen sei, daß sich der Haken habe darunterschieben können und dann begonnen habe, ihn hochzuziehen.

Erst da habe er bemerkt, daß seine Hände und Füße am Bett angewachsen waren, mehr als das, sie waren im Bettgestell verwurzelt, und das Bettgestell hatte seinerseits tiefe Wurzeln im Zimmerboden geschlagen.

Als sich nun der Haken anhob, lösten sich seine Hände und Füße nicht vom Bettgestell, sondern das ganze Bett wurde krachend aus dem Zimmerboden gerissen, Kalk, Gips und Mörtel rieselten von den Wurzeln zu Boden, und der Ingenieur wurde mitsamt dem Bett, an das er angewachsen war, auf einen Schuttlastwagen geworfen, welcher mit laufendem Motor vor dem Haus wartete.

Hier hatte der Traum geendet, und der Ingenieur war erwacht. Seltsam, dachte er, wie stark Träume sein können, bis er erstarrend merkte, daß er wirklich wach war und daß er in seinem eigenen Zimmer lag und daß sich darüber der Himmel wölbte und daß der Haken, den er über sich sah, sich langsam senkte, und daß er sich auf ihn senkte, auf ihn allein, und daß er vor Schreck kein Glied rühren konnte und so reglos und schwer auf dem Bett lag, als wäre er damit verwachsen, und daß er nicht einmal zu einem Schrei fähig war, als er spürte, wie die Kälte des Hakens unerbittlich auf ihn zukam.

Das Blatt

Eine Ameise schleppt mit Mühe ein Blatt von weither zu ihrem Ameisenhaufen.
Wie sinnlos, denkst du, direkt beim Ameisenhaufen ist der Boden doch voll von solchen Blättern.
Was du nicht weißt: dieses Blatt ist ein Liebesbrief, den die Ameise einer andern bringt, und würde sie einfach neben dem Haufen ein Blatt auflesen, wäre es kein Liebesbrief, denn die wirkliche Liebe kommt von weither.

Die alte Frau

Eine alte Frau lebte ganz allein und war immer traurig.

Sie hatte keine Kinder, und alle Menschen, die sie gern gehabt hatte, waren gestorben.

Den ganzen Tag saß sie am Fenster ihres Zimmers und schaute hinaus.

»Ach«, dachte sie oft, »wenn ich doch ein Vogel wäre und fliegen könnte.«

Eines Tages, als sie das Fenster geöffnet hatte und die Sonnenstrahlen hereinschienen und sie draußen die Vögel zwitschern hörte, dachte sie wieder: »Ach, wenn ich doch ein Vogel wäre und fliegen könnte«, und auf einmal war sie nicht mehr eine alte Frau, sondern eine schöne weiße Möwe, die sich von ihrem Fenstersims in die Luft erhob. Sie flog über die ganze Stadt, machte einen langen Bogen über den See, setzte sich auf viele Kirchturmspitzen und Brückengeländer und schnappte fröhlich krähend nach Brotstücklein, die ihr von Großmüttern und deren Enkeln am Seeufer zugeworfen wurden, bis sie am Abend wieder nach Hause flatterte, zu ihrem Fenster hinein auf den Stuhl hüpfte und dort die alte Frau wurde, die sie am Morgen gewesen war.

»Das war aber schön«, dachte sie, und am nächsten Morgen öffnete sie wieder das Fenster und schwang sich vom Sims als Möwe davon, und so machte sie es fortan jeden Tag, bis sie einmal so hoch und so weit fortflog, daß sie nicht mehr zurückkam.

Danach

»Hallo!« rief Herr B., »hallo, hier bin ich!«
Niemand antwortete ihm. Er wußte nicht, wo er war. Rings um ihn war es dunkel.
»Hallo!« rief er nochmals und klammerte die Hände um die Mappe, die er bei sich trug, »ich bin angekommen!«
Nichts geschah. Kein Licht ging an. Kein Tor knarrte. War da ein Rieseln? Ein Wind vielleicht? Nein. So sehr sich Herr B. anstrengte, er hörte nichts.
»Darf ich Sie darauf aufmerksam machen, daß ich 32 Jahre lang Aktuar unserer Kirchgemeinde war?« rief er, »das muß doch bekannt sein hier!«
Da fiel ihm seine Mappe aus den Händen, und als er sich nach ihr bücken wollte, verließen ihn die Kräfte, der Mut, die Zuversicht, der Glaube, der Geist, die Gedanken, und alle Gesetze, denen er bisher gehorcht hatte.

Die Schöpfung

Am Anfang war nichts außer Gott.

Eines Tages bekam er eine Gemüsekiste voller Erbsen.

Er fragte sich, woher sie kommen könnte, denn er kannte niemanden außer sich.

Er traute der Sache nicht ganz und ließ die Kiste einfach stehen, oder eher schweben.

Nach sieben Tagen zerplatzten die Hülsen, und die Erbsenkugeln schossen mit großer Gewalt ins Nichts hinaus.

Oft blieben dieselben Erbsen, die in einer Hülse gewesen waren, zusammen und umkreisten sich gegenseitig.

Sie begannen zu wachsen und zu leuchten, und so wurde aus dem Nichts das Weltall.

Gott wunderte sich sehr darüber. Auf einer der Erbsen entwickelten sich später alle möglichen Lebewesen, darunter auch Menschen, die ihn kannten. Sie schrieben ihm die Erschaffung des Weltalls zu und verehrten ihn dafür.

Gott wehrte sich nicht dagegen, aber er grübelt bis

heute darüber nach, wer zum Teufel ihm die Kiste mit den Erbsen geschickt haben könnte.

Was nicht in der Bibel steht

ist die Geschichte von den drei Prinzen aus dem Abendlande. An sie erging nämlich die gleiche Weissagung wie an die Heiligen Drei Könige aus dem Morgenlande, wenn auch etwas zeitiger, denn die Reise war entsprechend länger.

Sie machten sich also bereits ein Jahr vor dem angekündigten Erscheinen des Weihnachtskometen auf den Weg nach Bethlehem, zu Pferd alle drei, jeder mit einem Schildknappen auf einem zweiten Pferd sowie einem weiteren Pferd, das mit den Vorräten für die lange Reise und mit den Gaben für das heilige Kind beladen war.

Nach vielerlei Mühsal und Entbehrungen – sie ritten durch menschenleere, ausgedörrte Täler ohne irgendeine Quelle, sie mußten Furten und Isthmen auf wackligen Floßen überqueren, sie hatten mit Wegelagerern, fremden Sprachen und verwanzten Herbergslagern zu kämpfen – kamen sie in Jerusalem an und hatten noch fast einen Monat Zeit bis zum großen Ereignis. Ihren Wirt bezahlten sie schlecht, weil das Geld knapp geworden war, und als sie diesen fragten, wo es nach Bethlehem gehe, wies er sie zum Osttor hinaus und sagte, dieser Ort sei mindestens drei Wochen von Jerusalem entfernt.

Die drei Prinzen erschraken und machten sich sofort auf die Weiterreise, die sie von einer Wüstenoase zur nächsten brachte. Einmal trafen sie drei Könige an, die sich auf dem entgegengesetzten Weg befanden und verbrachten einen angenehmen Abend mit ihnen. Auch sie waren offenbar unterwegs zu einem neu zu gebärenden heiligen Kind, von denen es in dieser Gegend nur so zu wimmeln schien. Sie empfahlen den Prinzen aus dem Abendlande, in ihren Schlössern Einkehr zu halten, falls sie ihr Weg dort vorbeiführen würde.

Nach ein paar Tagen erblickten die Prinzen in der Abenddämmerung einen großen Stern, der auf ein Schloß wies. Sie wurden sehr aufgeregt, denn nun mußten sie sich der Bestimmung ihrer Reise nähern. Sie waren deshalb etwas überrascht, als sie im Schloß kein Neugeborenes antrafen, das in einer Krippe lag, wie es ihnen prophezeit worden war, sondern drei prachtvoll gekleidete junge Frauen. Es waren die Gemahlinnen der Heiligen Drei Könige, die sich hier versammelt hatten, um etwas Geselligkeit zu haben, während ihre Männer auf diese unverständliche Reise gingen, auf die sie sogar noch Schmuck als Geschenk für ein neugeborenes Kind mitgeschleppt hatten, Schmuck, der ihnen auch wohl angestanden hätte. Um auf ihre festliche Stimmung aufmerksam zu machen, hatten sie vom Hofmeister einen leuchtenden Stern über dem Schloß befestigen lassen, und sie waren außerordentlich erfreut, als sie von den drei interessanten Prinzen aus dem Abendlande Besuch bekamen.

Auch diese hatten gar nichts dagegen, in dampfenden Bädern gewaschen und gesalbt zu werden und sich dann mit ihren Gastgeberinnen an eine üppig gedeckte Tafel zu setzen. Danach verbrachten sie einige Nächte voll glühender Leidenschaft mit den drei wunderschönen Königinnen, die sie in alle Geheimnisse orientalischer Liebeskunst einweihten, und als sich die drei Prinzen wieder auf den Heimweg machten, um einer eventuellen Rückkehr der königlichen Ehemänner zuvorzukommen, waren sie höchst befriedigt über das Ergebnis ihrer Reise.

Wären sie in Jerusalem nicht vom habgierigen Wirt fehlgeleitet worden, wären sie wohl gemeinsam mit den Heiligen Drei Königen aus dem Morgenland in Bethlehem erschienen, hätten auch Erwähnung in der Bibel gefunden und wären heute ebenso Bestandteil jedes Krippenspiels wie Maria und Joseph, die Hirten und Ochs und Eselein.

Der Autostopper

Der Teufel machte einmal außerhalb von Bellinzona Autostop, aber niemand wollte einen Typ mit Hörnern und einem Dreizack mitnehmen.
Endlich, es ging schon gegen Abend, hielt ein Amerikanerwagen an, und der Fahrer, ein jüngerer Mann mit langen Haaren und sanften Augen, hieß den Teufel einsteigen.
Dieser setzte sich neben den Fahrer und gab als Reiseziel Rom an.
Dorthin fahre er auch, sagte der sanfte Langhaarige und lächelte dem Autostopper zu.
Dieser schaute den Fahrer immer wieder an und fragte ihn schließlich: »Kennen wir uns nicht von irgendwoher?«
»Ich glaube, wir haben uns zuletzt in der Wüste gesehen«, sagte der und hob freundlich seine durchlöcherte Hand.
»Und was willst du in Rom?« fragte der Teufel.
»Den Papst erschrecken«, sagte der Fahrer, »der glaubt doch schon lang nicht mehr an mich.«
»Darf ich mitkommen?« fragte der Teufel.

»Aber gern«, sagte der Fahrer, »zusammen sind wir stärker.«
Beide lachten, und Jesus gab Gas.

Die Göttin

Am Anfang, bevor die Welt erschaffen war, streifte Gott durchs Nichts, um irgendwo etwas zu finden. Er hatte die Hoffnung schon fast aufgegeben und war todmüde, als er plötzlich vor einer großen Baracke stand. Er klopfte an, und eine Göttin öffnete und bat ihn, hereinzukommen.
Sie sei, sagte sie, gerade mit der Schöpfung beschäftigt, aber er solle sich ruhig ein bißchen hinsetzen und ihr bei der Arbeit zuschauen. Zur Zeit war sie daran, in einem Aquarium verschiedene Wasserpflanzen einzusetzen.
Gott war in höchstem Maße erstaunt über das, was er sah, er wäre nie auf die Idee gekommen, eine Substanz wie Wasser zu erschaffen. Gerade dies aber, sagte die Göttin lächelnd, sei sozusagen die Grundlage des Lebens überhaupt.
Nach einer Weile fragte Gott, ob er vielleicht etwas helfen könne, und die Göttin sagte, sie wäre sehr froh, wenn er das Wasser und ihre bisherigen Schöpfungen auf einen der Planeten bringen könnte, die sie etwas weiter hinten eingerichtet habe. Sie würde

gerne auf dem unbedeutendsten anfangen, probeweise.
Also begann Gott damit, die Schöpfungen der Göttin eine nach der andern aus ihrer Baracke auf die Erde zu bringen, und es ist nicht verwunderlich, daß später die Menschen auf diesem Planeten nur den Gott kannten, der das alles gebracht hatte und ihn für den eigentlichen Schöpfer hielten.
Von der Göttin aber, die sich das ausgedacht hatte, wußten sie nichts, und deshalb ist es höchste Zeit, daß sie einmal erwähnt wurde.

Das Skiliftbillett

Ein Familienvater stand an einem Skilift und hatte zwei Billette gelöst, eines für sich und eines für seinen Sohn. Erst knapp vor dem Anbügeln merkte er, daß er zwei ganze Fahrten gelöst hatte, dabei war sein Sohn erst 8jährig. Gerne wäre er noch einmal zurück zur Kasse, aber hinter ihm standen die Wartenden so dicht, daß kaum daran zu denken war. Er fragte den Skiliftwärter, der den Leuten die Bügel unters Gesäß klemmte, was er tun könne, und der sagte, wenn er ihm 70 Rappen in die Hand gebe, sei es auch in Ordnung. Der Vater holte nun sein Portemonnaie aus der Hosentasche, nicht ganz ohne Umstände, weil es einen Reißverschluß aufzukriegen galt und er sich zuvor die Handschuhe abstreifen und unter die Achseln klemmen mußte, aber schließlich bekam er es in die Hand und öffnete es. Zum Glück enthielt es ziemlich viel Kleingeld, wie er auf den ersten Blick sah, er sonderte zuerst ein 50-Rappen-Stück aus, dann fand er zu seiner Überraschung eine D-Mark und ein altes französisches 5-Franc-Stück. Endlich hatte er wieder einen 10-Räppler, dann kam ihm aber eine kupferfarbene englische Münze mit dem Bild der Königin in die Finger. Während die Reihe hinter ihm drängte und murrte, weil ein Bügel nach dem andern leer in die Höhe fuhr, suchte er nach weiteren Münzen, es fehlten ihm ja bloß noch 10 Rappen, ein kleines 5-Rappen-Stück schimmerte golden hervor, jetzt konnte es sich nur noch um Sekunden handeln, ein einziger Fünfer mußte noch gefunden werden, und unter einem zweiten 5-Franc-Stück – wann, dachte der Vater, war ich eigentlich zum letztenmal in Frankreich? –, unter diesem 5-Franc-Stück, das zweifellos noch vor der Währungsreform kursiert hatte – das muß ja in meiner Jugend gewesen sein, schoß es ihm durch den Kopf –, unter diesem 5-Franc-Stück also lag ein ganzes Nest von Fünfern, erleichtert nahm er einen heraus, aber als er ihn umdrehte, sah er, daß der Fünfer auf der Rückseite eine arabische Inschrift trug, ebenso alle andern Fünfrappenstücke, die sich noch in seinem Geldbeutel befanden. Schweiß trat auf seine Stirne, unbegreiflicherweise ließ der Skilifthelfer die Wartenden hinter ihm in der Zwischenzeit nicht passieren, wodurch sich ihr Unmut steigerte. »Kann mir jemand«, fragte der Vater mit lauter Stimme und überlegte zugleich, ob er überhaupt jemals in einem arabischen Land gewesen war, »kann mir jemand fünf

Rappen schenken?« Lauter stumme Gesichter, der Vater wiederholte die Frage und fügte erklärend und beschwörend zugleich hinzu: »Ich werde sie *nicht* zurückgeben!« Keine Antwort, nur von weit hinten in der Reihe hörte man ein Hohngelächter, und nun blieb der Vater etwas abseits mit seinem Sohn stehen und schaute zu, wie sich die andern Wintersportler hastig auf die Bügel setzten und paarweise davongezogen wurden, über eine kleine Erhöhung, hinter der es gleich bergab ging, und fragte sich, was wohl mit seinem Geldbeutel geschehen sein konnte und warum er es fast nicht übers Herz brachte, seinen Sohn für einmal einfach zum vollen Tarif fahren zu lassen.

Die Bergstation

Ich mache jedes Jahr einmal eine Wanderung in den Bergen, auf die ich nur Rucksack und Schlafsack mitnehme. Mehrere Tage lang gehe ich dann dort durch, wo es mir gerade gefällt, und übernachte in Heustadeln oder Schafställen, bei Sennen oder in Alpenclubhütten, manchmal auch im Touristenlager eines Berggasthofs. Auf einer solchen Wanderung kam ich einmal, als ich gegen Abend den langgezogenen Grat eines Berges hinunterschritt, zur Bergstation eines Skilifts. Es war einer jener Skilifte, die weit über die Waldgrenze hinaus führen, zu einer im Sommer völlig verlassenen Krete, über die winters sicher ein eisiger Wind pfeift, der einen sofort talwärts treibt. Als ich eine kleine Rast machte und um die Bergstation herumging, bemerkte ich, daß ein kleiner Schuppen offenstand, in welchem ein Rettungsschlitten mit einigen Wolldecken lag. Da es mir auf diesem Grat gefiel, beschloß ich, hier zu bleiben und mich für die Nacht auf dem Rettungsschlitten einzurichten. Ich kochte mir auf meiner Biwakflasche eine Beutelsuppe, schaute dem Sonnenuntergang zu und verkroch mich dann beim Eindunkeln in den Schuppen.

Als ich erwachte, begann schon der Morgen zu dämmern. Es war aber nicht das Licht, das mich weckte, sondern das Geräusch des Skilifts, der in Betrieb war. Ich konnte das fast nicht glauben, aber dennoch hörte ich deutlich, wie ein Bügel nach dem andern klappernd um das große Rad fuhr. Einer schlug mehrmals an die Wand, als habe ihn soeben jemand losgelassen. Ich wickelte mich aus den Wolldecken, zog den Reißverschluß meines Schlafsacks auf, erhob mich von meinem Rettungsschlitten und trat aus dem Schuppen. Da sah ich, wie vor der Bergstation ein Mann mit raschen Griffen zwei Felle an seinen Skiern befestigte, die Skier an seine Füße schnallte und dann auf der Grasnarbe in die Höhe zu steigen begann. »Hallo!« rief ich ihm zu, fand aber keine weiteren Worte. Der Mann drehte sich flüchtig nach mir um. »Keine Angst«, rief er zurück, »dies ist eine Ausnahme!« Dann stieg er, während der Skilift ächzend zum Stillstand kam, den Grat hoch, den ich gestern heruntergekommen war, und ich schaute ihm nach, bis er verschwunden war.

Kurz nach Sonnenaufgang ging ich noch einmal diesen Grat hinauf bis zum Gipfel, das Gelände war völlig schneefrei, und auf dem ganzen Berg fand ich keine Spur dieses Mannes; auch ein Paar, das von der andern Seite heraufgekommen war und vor mir oben war, hatte niemanden gesehen, schaute mich im übrigen auf meine Frage hin recht zweifelnd an, ich muß sagen, soviel ich in der Zwischenzeit über den Vorfall nachgedacht habe, so wenig vermochte mich die Erklärung zu befriedigen, daß es sich hier um eine Ausnahme handle.

Die Grillparty

Sie kennen diese kleinen Anlässe, wo eine Familie die andere zu sich in den Garten einlädt, auf den Abend, um ein paar Jägerschnitzel zu grillen oder Schweinsbrustspitzen oder Kaninchenkeulen, und dazu trinkt man einen nicht zu teuren Rotwein, der aber doch nach etwas aussieht, Médoc vielleicht oder Fleurie, appellation contrôlée, keine Schloßabfüllung, man trinkt schon, bevor das Fleisch gar ist, denn meistens macht es etwas Mühe, die richtige Hitze hinzukriegen mit den Holzkohlen, der Hausherr kniet mit rot angelaufenem Gesicht neben dem einbetonierten Grillpfeiler und bläst, die Lippen wie zum Kuß gespitzt, in die Glut, ab und zu dreht er den Rost heraus und spritzt etwas Spiritus auf die Kohlen, eine Stichflamme schießt auf, die sogleich in weißen Rauch übergeht, und dann zischen wieder Fetttropfen vom Fleisch in die Glut und erwecken kleine Flämmchen, und am Tischchen daneben trinkt man weiter vom günstigen Bordeaux, greift immer wieder in die Salznüßchen und Käsecracker, knirschend und knackend bändigt man seinen Hunger, pickt sich auch schon scherzend ein Salatblatt aus der Schüssel, die zweite Flasche wird geöffnet, die dritte auch, und wenn sich der Hausherr endlich ächzend und triumphierend zugleich erhebt und schweißnaß mit den bedenklich geschwärzten Fleischstücken zum Gartentisch wankt, hat die Stimmung schon eine Ausgelassenheit erreicht, die es ohne weiteres möglich macht, daß ein Gast, und das passierte Herrn Sch. aus Z. tatsächlich, daß Herr Sch., als ihm die Gastgeberin die Meerrettichsauce reichte, rief: »Meerrettich? Igittigitt!« und das Gläschen mit der Sauce im Überschwang über die Schulter nach hinten warf. Vor der Hecke des Gartens führte aber die Quartierstraße durch, und dort standen gerade zwei Buben mit ihren Fahrrädern; der erste der beiden wurde von der Meerrettichsauce so überraschend am Hinterkopf getroffen, daß er das Gleichgewicht einbüßte und auf den zweiten Buben fiel, der nun mit dem ersten zusammen auf die Straße stürzte. Im selben Augenblick wollte sich ein Motorradfahrer, der am Ende der Straße wohnte, auf seine Sonntagabendausfahrt begeben, er fuhr die Straße herunter und versuchte, den fallenden Buben auszuweichen, verlor dadurch die Herrschaft über sein Fahrzeug, durchbrach einen leichten Holzzaun und schlitterte, immer noch aufrecht, durch ein steiles Rosenbeet auf eine Rasen-

fläche hinab, wo eine andere Familie eine Grillparty abhielt.
Das Durcheinander war grauenhaft. Das Motorrad fegte das Anrichtetischchen voll Veltlinerflaschen, Kartoffelsalat und Erdbeertörtchen weg, dem Fahrer schlug es die Beine in die Glut, heiße Koteletts und glühende Kohlen flogen durch die Luft und trafen die Gäste im Gesicht oder auf den Kleidern, eine Spitze des Faltgrills bohrte sich der Hausfrau in den Unterarm, die Spiritusflasche explodierte wie ein Molotowcocktail am Geräteschuppen, der sofort in Flammen stand, der Motorradfahrer schleppte sich zur Seite und riß sich seine schmorenden Lederhosen ab, bevor er in Ohnmacht sank – ich weiß nicht genau, was noch alles geschah und wie stark das Feuer schon vom Geräteschuppen aufs Haus übergegriffen hatte, als der Pikettwagen eintraf, ich weiß nur, daß Herr Sch. sich wünschte, er wäre nicht in Z., sondern in K. oder M. oder noch weiter entf., in W. a. A. oder C. s. S., aber was half's ihm, er war da, und er war schuld, und es wundert wohl weder Sie noch mich, daß er seither immer ein bißchen zusammenzuckt, wenn er das Wort »Meerrettich« hört.

Der Sturz

Ich saß an meinem Schreibtisch und war in eine Arbeit vertieft, als mich das Geräusch eines brechenden Astes vor dem Fenster erschreckte. Als ich aufschaute, sah ich, wie sich dicke Schnüre in den Birkenzweigen verhedderten, ein großes, gewölbtes Tuch senkte sich rasch über die Krone des Baumes und kam dann, von einigen Ästen durchbohrt, federnd und straff zur Ruhe. Ich rannte sofort aus dem dritten Stock nach unten und trat in den Garten. Es war, wie ich vermutet hatte. Ein Fallschirmspringer war in meinen Garten gestürzt. Er baumelte am untersten großen Ast, recht hoch über dem Boden, und konnte sich offenbar nicht aus seinen Gurten befreien. »Hallo«, rief ich, »sind Sie verletzt?« Der Fallschirmspringer sagte nichts und schaute mich nur mißtrauisch an. Es war ein junger Bursche mit dunklen Augen und einem kleinen Schnäuzchen, sein Gesicht war zerkratzt, und erst jetzt sah ich, daß es nicht einfach ein Sportspringer war, sondern daß er eine Kampfpackung und ein Gewehr auf dem Rücken trug. So oder so, man konnte ihn nicht einfach hier hängen lassen, vielleicht hatte er sich etwas gebrochen. Ich ging also ins Haus und holte meine große Leiter, die man auch als Bockleiter aufstellen kann. Zugleich nahm ich ein Päckchen Zigaretten mit heraus, da ich mich aus Kriegsfilmen erinnerte, daß Soldaten gerne rauchen. Als ich wieder zur Birke kam, standen schon viele Leute in meinem Garten und diskutierten. »Er spricht keine europäische Sprache!« rief mir ein Nachbar zu, der Dolmetscher ist, »ich habe alles probiert.« Ich stellte die Bockleiter so auf, daß der Fallschirmjäger darauf Fuß fassen konnte, aber sogleich rückten sie einige Nachbarn wieder weg. »Was machen Sie da?« fragte mich ein Gastwirt. »Man muß ihn doch herunterholen«, sagte ich und stellte die Bockleiter wieder zum Fallschirmjäger, der auch schon mit den Beinen danach ausholte. Der Gastwirt und ein paar starke Männer, welche ich nicht kannte, packten die Leiter und stellten sie etwas weiter weg. »Der bleibt hängen«, sagten sie, »bis die Polizei kommt.« »Wir haben schon telefoniert!« rief eine Frau, die im zweiten Stock eines Nachbarhauses aus dem Fenster schaute und die ich auch noch nie gesehen hatte. »Ich finde das unerhört«, sagte ich, aber als die Männer daraufhin etwas näher zu mir traten, verstummte ich und stieg die Leiter hoch, bis ich neben dem Fallschirmjäger stand. »Wollen Sie eine Zigarette?« fragte ich und hielt ihm mein angebrochenes Päckchen hin. Ich bin Nichtraucher, und die einzigen Zigaretten, die ich im Hause habe, sind solche, die ich als Andenken von Reisen mit nach Hause bringe. Diese Packung stammte aus China, und außer chinesischen Schriftzeichen war darauf auch die Chinesische Mauer abgebildet. Ich sah noch, wie der junge Mann erbleichte, dann zogen die Nachbarn die Leiter unter mir weg, und ich verlor im Sturz die Besinnung.

Ein interessantes Gespräch

Im Jenseits trafen einmal an einem der unendlich langen Nachmittage vier Gestalten zusammen und kamen miteinander ins Gespräch. Wie es dort üblich ist, erzählten sie sogleich von früher und was sie in ihrem Leben alles gemacht hatten.

»Ich«, sagte die erste Gestalt, welche ein untersetzter Mann mit scharfgeschnittenem Gesicht und schwarzem Kraushaar gewesen sein mußte, »ich habe einmal meine rechte Hand so lange auf ein Becken voll glühender Kohlen gehalten, bis sie völlig verbrannt war. Das beeindruckte unsere Feinde, mit denen ich gerade verhandelte, derart, daß sie mit ihrem Heer wieder abzogen, aus Furcht vor solcher Tapferkeit, und Rom war gerettet. Übrigens, Scaevola ist mein Name, Mucius Scaevola.«

»Da bin ich noch etwas weiter gegangen«, sagte die zweite Gestalt, ein muskulöser Bursche mit einem riesigen schwarzen Schnauz. »Wir waren gänzlich von den Feinden eingekreist, alles Ritter, alle mit Speeren, und da breite ich meine Arme aus und packe so viele Speere wie ich kann. Die stoßen zu, ich gehe zu

Boden, und die Eidgenossen wie ein Wildbach durch diese Gasse und schlagen die Ritter zusammen. Über meine Leiche natürlich«, sagte er mit einem Seitenblick auf Scaevolas Armstumpf. »Ich bin der Winkelried«, fügte er abschließend hinzu.

Dieser Name sagte den andern offenbar nichts, und die dritte Gestalt, ein hochgewachsener nordischer Blondling, erhob nun seine wohltönende Stimme und sagte, zu den zwei ersten gewandt: »Eure Taten mögen vielleicht einzelne Schlachten entschieden oder abgewendet haben, aber mein Tod bewirkte das Ende eines Krieges, der dreißig Jahre dauerte. Mitten im Kampf bin ich gefallen, eine Kugel von der Seite, zwei Schwertstreiche von vorne, quer über den Oberschenkel der eine, mitten ins offene Visier der andere.« Und mit der Hand deutete er würdevoll die Stellen seiner Wunden an.

»Wie heißt Er?« fragte Winkelried.

»Ach, ich dachte, das wüßten Sie«, sagte der dritte, »Gustav Adolf, König von Schweden.«

»Und Sie?« fragte Mucius Scaevola den vierten, »was haben Sie gemacht?«

»Ich habe einige Bücher geschrieben, die ziemlichen Ärger verursacht haben«, sagte der, ein weißer Herr mit Vollbart und wallendem Haupthaar.

»Und wo wurden Sie verletzt?« fragte Gustav Adolf.
»Verletzt wurde ich eigentlich nie«, sagte der vierte.
»Nichts Abgehauenes? Nichts Klaffendes?« fragte Scaevola.
»Nein, zum Glück nicht.«
»Und wie hat's dich erwischt?« fragte Winkelried mit blitzenden Zähnen.
»Sie meinen, woran ich gestorben bin? Ach, eine lästige Infektionskrankheit, aber wie gesagt, meine Bücher haben ordentlich Ärger gebracht.«
»So, so«, sagte Gustav Adolf, »das wird mir ein schöner Ärger gewesen sein«, und drehte sich Scaevola und Winkelried zu, und während sich die drei ihre Wunden und Narben zeigten, indem sie Ärmel zurückstreiften und Hemden leicht in die Höhe hoben, saß der vierte da und überlegte sich, ob er überhaupt gesagt habe, daß sein Name Karl Marx sei, und ob dies, wenn er es gesagt hätte, irgend etwas am Verlauf dieses Gesprächs geändert hätte.

Der Knecht

Als es an einem schönen Sommerabend bei Melchior Zinsli, einem Bergbauern im Safiental, nach dem Eindunkeln noch an die Türe pochte, war er überrascht. Sein Heimwesen war sehr abgelegen, und es war selten, daß um diese Zeit jemand anklopfte. Seine Überraschung legte sich aber wieder, als er sah, wer vor der Türe stand: Es war der Papst.
»Willkommen«, sagte Zinsli, »tretet ein. Ihr kommt gerade zur rechten Zeit.«
»Ja«, sagte der Papst in gutem Hochdeutsch, »als ich gestern den Wetterbericht hörte, dachte ich, jetzt oder nie.«
»Seid Ihr allein?« fragte Zinsli und warf noch einen Blick vors Haus, bevor er die Tür hinter seinem Gast zuzog.
»Ja«, sagte der Papst, »es war nicht ganz einfach, aber ich habe einen Freund in der Schweizergarde, der hat mir geholfen.«
Er zog sein weißes Käppchen ab und legte es erleichtert auf den Stubentisch.
Melchior Zinsli hatte keine weiteren Fragen, sondern

hieß den Papst sich setzen und stellte ihm sogleich einen starken Milchkaffee mit Brot und Alpkäse auf. Der Papst sprach allem kräftig zu und wollte dann bald zu Bett gehen. Er freute sich, als ihm Melchior Zinsli die Knechtekammer zeigte mit dem schweren Bett und der großen gewürfelten Bettdecke. Da der Papst ohne Gepäck gekommen war, bot ihm Zinsli auch ein altes, aber sauberes Nachthemd von sich an und für den morgigen Tag ein Paar Drilchhosen und ein Militärhemd.

»Wann stehen wir auf?« fragte der Papst noch, bevor er zu Bett ging.

»Ich muß um fünf Uhr zu den Kühen, aber für Euch langt es, wenn ich Euch um halb sieben Uhr wecke.«

»Herrlich«, sagte der Papst und strich mit der rechten Hand über die Bettdecke, »eine Stunde später als im Vatikan.«

Am andern Morgen war er richtig ausgeschlafen, als Melchior Zinsli die Tür einen Spalt öffnete und der Kaffeeduft in sein Zimmer strömte. Die ersten Sonnenstrahlen fielen gerade durchs Fenster, und es versprach ein wunderbarer Tag zu werden.

Melchior Zinsli hatte im Sinn zu heuen, deshalb hatte er dem Papst auch einen Brief geschrieben. Er hatte im »Der Landwirt«, einer Zeitschrift für die Bauern, gelesen, daß er, der Papst, sich in einer Ansprache an eine Bauerndelegation der Europäischen Gemeinschaft als Knecht der Menschen bezeichnet hatte, und da hatte er sich hingesetzt und ihm geschrieben, daß er seine Bergbauernwirtschaft alleine betreiben müsse und dringend einen Knecht brauchen könne, vor allem zur Zeit des Heuets, und ob er ihm nicht zwei, drei Tage helfen kommen könne. Dazu hatte er ihm auf einem Plänchen eingezeichnet, wie man sein Haus fand.

Und so schritt nun der Papst den ganzen Tag hinter Melchior Zinsli und seinem »Rapid« her und verzettelte das Gras, und am nächsten Tag machten sie mit den Rechen prächtige Schöchlein, und am dritten Tag luden sie die Schöchlein auf den Brückenwagen und gabelten alles ins Ansauggebläse der Scheune, und dazwischen aßen sie Roggenbrot und Bündnerfleisch und tranken Birnenmost und sprachen über Gott und die Welt, Zinsli mehr über Gott und der Papst mehr über die Welt, und als die drei Tage um waren, wunderten sich die Bauern an den Nachbarhängen, woher sich der Melchior, der nicht als der Schnellste galt, plötzlich einen Knecht geholt hatte, und einen tüchtigen dazu. Der Papst aber hatte Bäcklein wie Berner Rosen, er hatte in dieser Zeit keine einzige Messe gelesen, geschweige denn sein Brevier, aber er habe, sagte er Melchior Zinsli zum Abschied, schon lange nicht mehr das Gefühl gehabt, etwas so Vernünftiges zu tun wie in den drei Tagen, und er solle ihm schreiben, wenn er wieder Hilfe brauche, nächstes Jahr würde er gerne selbst mit dem »Rapid« die Hänge abmähen, er knattere so schön.

Dann stieg er in den Helikopter der Rettungsflugwacht, mit dem ihn der Schweizergardist wieder abholte, und während er winkend himmelwärts entschwebte und bald als winziger Punkt zwischen dem Piz Beverin und dem Bruschghorn verschwand, ging Melchior Zinsli nachdenklich in sein Bauernhaus und schrieb noch am selben Abend einen Brief an eine Heiratsvermittlung, denn obwohl er nicht daran gezweifelt hatte, daß der Heilige Vater seine Einladung annehmen würde, war ihm doch klar, daß auf diese Art von Hilfe auf die Dauer kein Verlaß war, und ein zweitesmal würde er den Papst ohnehin nicht mehr einladen, denn an den »Rapid« gehört nun einmal der Meister, und nicht der Knecht.

Die Ausgießung

Der Heilige Geist war es leid, immer nur an den längst vergangenen Tag zu denken, an dem er in Erscheinung getreten war, und beschloß, es noch einmal zu versuchen.

Er hatte von einem Bischof in der Schweiz gehört, der ihn vielleicht brauchen könnte, fuhr also am Pfingstsonntagmorgen in dessen Kathedrale hinab und goß sich aus.

Als der Bischof vor dem Hochamt noch rasch durch den Altarraum schritt, sah er eine gallertige Flüssigkeit am Boden.

»Putzen Sie das auf«, sagte er zum Siegrist, der sogleich mit einem Kessel und einem Lappen kam, den Heiligen Geist feucht aufnahm und ihn in den Ausguß leerte.

Das war ein schönes Gefühl für den Bischof, in einer sauberen Kirche seine Pfingstmesse halten zu können.

Der Heilige Geist aber nahm, als er wieder in den Himmel kam, den Hintereingang.

Die Konferenz

Gott versammelte sich an einem großen Tisch und eröffnete die Sitzung.

»Meine Herren«, sagte er, »ich werde vom amerikanischen Präsidenten dringend um Beistand im Krieg gebeten. Zudem soll ich sein Land segnen. Hat jemand etwas dagegen?«

Er verschwand unter der Tischplatte und tauchte auf der linken Seite mit einem Palästinensertuch wieder auf.

»Tja«, sagte er hüstelnd, »ich werde vom irakischen Präsidenten dringend um Beistand gebeten. Zudem soll ich sein Land segnen und den Krieg heilig sprechen. Ich habe mir gerade überlegt, ob ich das möglicherweise tun könnte.«

Er verschwand unter der Tischplatte und erschien auf der rechten Seite wieder, mit einem Käppchen auf dem Kopf.

»Moment«, sagte er, »ich werde vom israelischen Präsidenten dringend um Beistand gebeten. Zudem soll ich sein Land segnen. Also was nun?«

In dem Moment kam der Erzengel Gabriel mit der

Nachricht, der Fernsehapparat mit dem CNN-Sender sei jetzt installiert, und Gott brach die Konferenz ab, setzte sich vor den Bildschirm und schaute zu, bis der Krieg zu Ende war.

Die zwei Forscher

Als Sir Alexander Fleming noch nicht Sir hieß, sondern nur Alexander Fleming, hatte er im chemisch-medizinischen Trakt des St. Mary's Hospitals in London ein Labor, in welchem er Forschungen auf dem Gebiet der Bakteriologie betrieb. Tür an Tür mit ihm forschte sein Kollege Foster Brack-Peacock. Foster Brack-Peacock war ein mürrischer, verschlossener Mensch, der nichts so sehr wünschte, als mit sich und seinen Reagenzgläsern in Ruhe gelassen zu werden. Den Portier schaute er jeweils kaum an, wenn er das Gebäude betrat, und wenn er die Putzfrau aus Kenya noch antraf, die zweimal in der Woche ab 5 Uhr morgens die Labors reinigte, schnauzte er sie an, warum sie noch nicht fertig sei, und sagte ihr drohend, sie solle sich ja nicht einfallen lassen, irgend etwas auf den Pulten und Gestellen zu berühren.

Ganz anders Alexander Fleming. Dem Portier nickte er freundlich zu, wenn er durch die Pforte schritt, und wenn er der kenyanischen Putzfrau begegnete, fragte er sie stets, wie es ihr gehe, und manchmal brachte er ihr Schokolade für ihre Kinder mit. Er bedankte sich

für die strahlend gereinigten Böden und sagte ihr, wie froh er sei, daß sie seine Unordnung so stehen lasse, wie sie war.
Eines frühen Montagmorgens, als die Putzfrau auf der Tischkante von Foster Brack-Peacock ein verschimmeltes Joghurt stehen sah, kippte sie dieses kurzerhand in den Abfallkübel, wusch das Glas aus und stellte es wieder an seinen Platz.
Als sie etwas später auch im Labor von Alexander Fleming ein verschimmeltes Joghurt sah, reinigte sie die Tischplatte darum herum mit großer Sorgfalt, ließ aber das Joghurt stehen, so sehr es sie ekelte. So kam es, daß das Penicillin nicht von Foster Brack-Peacock entdeckt wurde, sondern von Alexander Fleming. **Sir** Alexander Fleming.

Die schönste Erinnerung

»Und was ist denn, Frau Ehrenzeller, Ihre schönste Erinnerung?« fragte der Stadtpräsident die Hundertjährige mit jovialem Lächeln, nachdem sie sich mit Hilfe des Altersheimleiters im frisch geschenkten Lehnstuhl niedergelassen hatte.

»Wie bitte?« fragte die Jubilarin mit leicht vorgerecktem Kopf.

»Ihre schönste Erinnerung?« wiederholte der Stadtpräsident mit angehobener Stimme.

»Sie meinen ...?« fragte Frau Ehrenzeller nochmals, indem sie ihre Hand an die Ohrmuschel hielt.

»Welches Ihre schönste Erinnerung ist!« schrien der Stadtpräsident und der Altersheimleiter fast gleichzeitig.

»Ach«, sagte die alte Frau und lachte, »meine schönsten Erinnerungen sind eigentlich sexueller Natur.«

»Oh«, sagte der Stadtpräsident und nickte, »warum auch nicht? Also dann, Frau –«

»Insbesondere«, fuhr die Hundertjährige fort, »denke ich mit Genuß an die Zeit zurück, in der ich zwei Freunde gleichzeitig hatte.«

»Na«, hüstelte der Stadtpräsident, »da kommen ja schöne Dinge raus, Frau –«

»Wir hatten«, sagte die Gefeierte und lehnte sich mit halbgeschlossenen Augen in den Sessel zurück, »wunderbare Dreier zusammen, zum Beispiel nahm mich der eine von hinten, während ich den anderen –«

»Frau Ehrenzeller, wir bringen Ihnen jetzt die Geburtstagstorte!« rief der Altersheimleiter beschwörend.

»Wissen Sie, das Gefühl, mit beiden Händen zuzugreifen und links und rechts neben sich einen Mann stöhnen zu hören, das möchte ich in meinem Leben keinesfalls missen. Oder habt ihr so etwas nie ausprobiert, ihr zwei Lausbuben?« fragte sie die beiden Hauptgratulanten fröhlich.

Aber als nun groß und sahnig eine Geburtstagstorte mit 100 Kerzen von zwei gertenschlanken Zivilschützern auf einem Servierboy hereingeschoben wurde, hatten der Stadtpräsident und der Altersheimleiter bereits die Flucht ergriffen.

Der Wunsch

»Haben Sie noch einen Wunsch?« fragte der Kellner den Gast, als er den Teller und das Besteck abräumte.
»Ja«, sagte der Gast, »einen Cognac Napoléon, eine Villa am Zürichberg, einen Bentley und eine Frau, mit der man Pferde stehlen kann.«
»Das ist ein bißchen viel auf einmal«, sagte der Kellner, »aber wir werden sehen, was wir tun können.«
Und als er wenig später den Cognac servierte, wurde er von einem Notar begleitet, der eine Schenkungsurkunde für eine Villa an der Krönleinstraße mit einem Bentley in der Garage bei sich hatte. Der Gast bedankte sich und trank einen Schluck, da setzte sich eine Frau mit blitzenden Augen an seinen Tisch und stellte sich als bekannte Pferdediebin vor.
Bevor sie zusammen das Lokal verließen, schrieb der Gast in sein Notizbuch: »Essen mittelmäßig, Bedienung erstklassig.«

Der Briefkasten

»Ich möchte gern ein Rennrad sein«, sagte der Briefkasten zum Gartentor, »und durch weite Ebenen flitzen und hohe Pässe bezwingen.«
»Du mit deinen Wünschen«, krächzte das Gartentor, »dabei entsprichst du nicht einmal den neuen Vorschriften der Post.«
»Wünschen kann man immer«, sagte der Briefkasten nur und schluckte weiterhin Rechnungen, Zeitschriften, Prospekte und Postkarten.
Wenig später wurde er abgeschraubt und durch einen neuen ersetzt. Man schmolz ihn ein, und zusammen mit alten Metallstühlen, zerrissenen Drahtgittern und krummen Schraubenziehern wurde er zu Leichtstahl verarbeitet, kam in eine Rennradfabrik, und bald darauf flitzte er durch weite Ebenen, bezwang hohe Pässe und konnte kaum glauben, daß er jahrelang am selben Ort gestanden hatte und jeden Tag an der Post fast erstickt war.

Abmagern

Eine Fettcrème wollte abnehmen und versuchte alles, was ihr eine Nasensalbe empfohlen hatte. Sie machte Kniebeugen und Liegestütze, stemmte jeden Tag kleine Hanteln in die Höhe und rannte bis zur Erschöpfung kreuz und quer durchs Badezimmer, aber abends auf der Waage kam die große Enttäuschung: Sie wog kein einziges Gramm weniger als am Morgen.
Auf dem Tiefpunkt ihrer Stimmung griff eine Frauenhand nach ihr und begann die Crème über Arme und Beine zu verteilen. Am Abend zeigte die Waage 4 g weniger an, und die Fettcrème fühlte sich erleichtert und war sehr zufrieden.
So ging es von nun an jeden Tag weiter, die Fettcrème wurde immer schlanker und teilte der Nasensalbe fortlaufend ihre Fortschritte im Abnehmen mit.
Kurz bevor sie vollständig aufgebraucht wurde, sagte sie zur Nasensalbe, jetzt sei es ihr so wohl wie noch nie, und tags darauf preßte die Frauenhand die letzte Portion aus der Tube und warf sie weg.
»Tja«, sagte die Nasensalbe, »mit dem Abnehmen darf man eben nicht übertreiben.«

Ein Niesen ertönte, und eine Frauenhand griff nach ihr.

Das vegetarische Krokodil

Ein Krokodil hatte sich entschlossen, einer vegetarischen Bewegung beizutreten, die von einem Flamingo angeführt wurde. Nachdem es ein ganzes Jahr lang Wasserpflanzen, Schilfrohre und Schlammplätzchen gegessen hatte, konnte es nicht mehr, sperrte seinen Rachen weit auf und brüllte: »Joghurt! Ich will Joghurt!«

Ein Joghurtverkäufer, der des Weges kam, trat zu ihm hin, zeigte ihm seine verschiedenen Sorten und fragte, welche es gern haben möchte.

»Die da!« sagte das Krokodil, schnappte sich den Joghurtverkäufer und fraß ihn auf.

Die Alpen

(für Albrecht von Haller)

Jedesmal bei diesen Weisen
seh ich im Geiste Adler kreisen.
Die Sennen sicheln ihre Triften
die Ochsen muhen in den Klüften
das Euter prall und aufgedunsen
Lawinen krachen durch die Runsen
der Älpler reckt die Hand zur Stirn
ein alter Gemsbock äst im Firn
der Jäger naht im harten Zwilch
und nährt sich von der Gletschermilch
der Käser sitzt bei kargem Mahle
dann rollt er seinen Käs zu Tale.
Am Abend röten sich die Wolken
was melkbar ist, wird jetzt gemolken
der Bergler blickt mit stillem Glanz
empor zum jähen Alpenkranz
und tritt dann dankbar in die Hütte
wo schon in ihrer Kindlein Mitte
die Senn'rin harrt. Der Hafer brodelt.
Die Wang' erglüht. Der Senne jodelt.

Dann labt man sich an Gottes Spende
und langsam geht der Tag zu Ende.
Der Senne schwingt noch rasch die Fahne
und schlürft dann seinen Kübel Sahne.
Er hustet fromm ein rauh' Gebet
bevor auch er ins Stroh sich legt.
Dort schläft man froh die ganze Nacht
bis man in aller Früh' erwacht.

Dort oben ist das wahre Leben!
Und unsres hier ist tief daneben.

Hoe de bergen in Zwitserland kwamen

Vroeger was Zwitserland een van de vlagste lande van de wereld. Wel was het heele land vol med sesselbanen en skilifte, maar ze gingen allemaal recht door. De bergstations waren niet hooger als de dalstations, en als die mensen uitstapten, wisten ze niet recht wat ze moesten doen. »Je ziet niet meer«, zejden ze en gingen raatloos weer terug.
Skien en sleen verzorgten zij verweg in de kelder. »Wat wij vermissen«, zejden ze tot elkaar, »zijn de bergen.«
Op een keer wandelte een knappe Zwitser naar Holland. Matter heet hij, Benedikt Matter.
Wat hij daar zag, verbaaste hem. Dat heele land was vol von berge, maar daar waren noch skien noch sleen, niet toe spreken van sesselbanen of skilifte. In de winter klommen de Hollanders op de versneeuwde toppen en faarden med onze kloempen naar beneden. Maar na een keer haden ze genoeg. De kloempen volden zich snel med sneeuw, en ze kreegen natten voeten. »Het is so moeilijk«, zejden de Hollanders tot elkaar, »wat wij vermissen, is het platten land.«

Benedikt Matter spitsde zijn oren.
»Wat willen jullie dan med dat platten land doen?« fragde hij de Hollanders.
»Tulpen planten!« riepen ze meteen, »da moeten we niet zo veel voor doen.«
»Dan hebben we geluk«, zejde Benedikt Matter, »in Zwitserland hebben we niets als tulpen. We weten niet, waarheen daarmee.« Zo beslooten de Hollanders, hun bergen med de Zwitsers tegen tulpen te ruilen.
De Zwitsers begonnen nu, all hun tulpenbollen in kisten te verpakken en naar Holland te sturen. Med de berge was het een beetje moeilijker.
Da herinnerde zich Benedikt Matter aan dat oude spreekwoordt »Het geloof verplaatst bergen«.
»We moeten deraan geloofen«, heeft hij gesegd, »dan gebeurt het ook.«
Da gingen alle Zwitsers en Hollanders een daag lang naar de kerk en geloofden heel sterk eraan, dat de berge van Holland in Zwitserland kwamen, en kijk maar aan, in Holland knakde en knarste en krakte het, een berg naa de ander woorde uit de aarden gerukt, vloog naar Zwitserland en bleef daar.
Endlijk gingen de Zwitserse bergbaane en skilifte naar boven, je had boven een mooie uitzieht over andere berge en je kun med de skien naar beneden va-

ren, en nu kwamen de mensen van overaal, om hier hun vakantie door te brengen.

De Hollanders moesten zich niet meer med de bergen afgeven, want nu was bij hun alles plat gewoorde, en ze planten overaal tulpen en verkochten ze in de heele wereld.

Zo waren ze beide tevreden, de Hollanders en de Zwitsers, en omdat de man, die op deze idee gekomen is, Benedikt Matter heete, heeft me de mooiste berg naar hem »MATTERHORN« genoemd.

Der Weltuntergang

Der Weltuntergang
meine Damen und Herren
wird nach dem, was man heute so weiß
etwa folgendermaßen vor sich gehn:

Am Anfang wird auf einer ziemlich kleinen Insel
im südlichen Pazifik
ein Käfer verschwinden
ein unangenehmer
und alle werden sagen
Gott sei Dank ist dieser Käfer endlich weg
dieses widerliche Jucken, das er brachte
und er war immer voller Dreck.

Wenig später werden die Bewohner dieser Insel
merken
daß am Morgen früh
wenn die Vögel singen
eine Stimme fehlt
eine hohe, eher schrille
wie das Zirpen einer Grille

die Stimme jenes Vogels, dessen Nahrung, es ist klar
der kleine, dreckige Käfer war.

Wenig später werden die Fischer dieser Insel
bemerken
daß in ihren Netzen
eine Sorte fehlt
jene kleine, aber ganz besonders zarte, die –
hier muß ich unterbrechen und erwähnen
daß der Vogel mit der eher schrillen Stimme
die Gewohnheit hat oder gehabt haben wird
in einer langen Schlaufe
auf das Meer hinaus zu kehren
und während dieses Fluges seinen Kot zu entleeren
und für die kleine
aber ganz besonders zarte Sorte Fisch war dieser Kot
das tägliche Brot.

Wenig später werden die Bewohner des Kontinents
in dessen Nähe
die ziemlich kleine Insel im Pazifik liegt
bemerken, daß sich überall
an den Bäumen, auf den Gräsern
an den Klinken ihrer Türen
auf dem Essen, an den Kleidern

auf der Haut und in den Haaren
winzige schwarze Insekten versammeln
die sie niemals gesehen
und sie werden's nicht verstehen
denn sie können ja nicht wissen
daß die kleine
aber ganz besonders zarte Sorte Fisch
die Nahrung eines größern
gar nicht zarten Fisches war
welcher seinerseits nun einfach eine andre Sorte jagte
einen kleinen, gelben Stichling vom selben Maß
der vor allem diese schwarzen Insekten fraß.

Wenig später werden die Bewohner Europas
also wir
merken, daß die Eierpreise steigen
und zwar gewaltig
und die Hühnerfarmbesitzer werden sagen
daß der Mais
aus dem ein Großteil des Futters
für die Hühner besteht
vom Kontinent
in dessen Nähe
die ziemlich kleine Insel im Pazifik liegt
plötzlich nicht mehr zu kriegen sei

wegen irgendeiner Plage von Insekten
die man mit Giften erfolgreich abgefangen
nur leider sei dabei auch der Mais draufgegangen.

Wenig später
jetzt geht es immer schneller
kommt überhaupt kein Huhn mehr auf den Teller.
Auf der Suche nach Ersatz
für den Mais im Hühnerfutter
hat man den Anteil an Fischmehl verdoppelt
doch jeder Fisch hat heutzutage halt
seinen ganz bestimmten Quecksilbergehalt
bis jetzt war er tief genug, um niemand zu verderben
doch nun geht's an ein weltweites Hühnersterben.

Wenig später
werden die Bewohner jener ziemlich kleinen Insel
im südlichen Pazifik
erschreckt vom Ufer in die Häuser rennen
weil sie das, was sie gesehen haben
absolut nicht kennen.
Die Flut hat heute
und dazu muß man bemerken
der Himmel war blau und Wind gab es keinen
und der Wellengang war niedrig

wie stets bei schönem Wetter
und trotzdem lagen heute nachmittag
die Ufer der Insel unter Wasser
und natürlich wußte niemand
daß am selben Tag auf der ganzen Welt
die Leute von den Ufern in die Häuser rannten
und die Steigung des Meeres beim Namen nannten.

Wenig später
werden die Bewohner jener ziemlich kleinen Insel
im südlichen Pazifik
von den Dächern ihrer Häuser
in die Fischerboote steigen
um in Richtung jenes Kontinents zu fahren
wo seinerzeit die Sache mit dem Mais passierte.
Doch auch dort ist das Meer
schon meterhoch gestiegen
und die Städte an der Küste und die Häfen
die liegen
schon tief unter Wasser
denn die Sache ist die
man mußte das gesamte Federvieh
also sechs Milliarden Stück
vergiftet wie es war, verbrennen
und der Kohlenstaub, der davon entstand

gab der Atmosphäre
durch Wärme und Verbrennung
schon bis anhin strapaziert
den Rest.
Sie ließ das Sonnenlicht wie bisher herein
ABER NICHT MEHR HINAUS
wodurch sich die Luft dermaßen erwärmte
daß das Eis an den Polen zu schmelzen begann
die Kälte kam zum Erliegen
und die Meere stiegen.

Wenig später werden die Leute
die mittlerweile in die Berge flohen
hinter den Gipfeln
weit am Horizont
ein seltsam fahles Licht erblicken
und sie wissen nicht, was sie denken sollen
denn man hört dazu ein leises Grollen
und wenn einer der Ältern jetzt vermutet
daß nun der Kampf der Großen beginnt
um den letzten verbleibenden Raum für ihre Völker
da fragt ein andrer voller Bitterkeit
wie um Himmels willen kam es soweit?

Tja, meine Damen und Herren
das Meer ist gestiegen, weil die Luft sich erwärmte
die Luft hat sich erwärmt
weil die Hühner verbrannten
die Hühner verbrannten, weil sie Quecksilber hatten
Quecksilber hatten sie, weil Fisch gefüttert wurde
Fisch hat man gefüttert, weil der Mais nicht mehr kam
der Mais kam nicht mehr, weil man Gift benutzte
das Gift mußte her, weil die Insekten kamen
die Insekten kamen, weil ein Fisch sie nicht mehr fraß
der Fisch fraß sie nicht, weil er gefressen wurde
gefressen wurde er, weil ein anderer krepierte
der andere krepierte, weil ein Vogel nicht mehr flog
der Vogel flog nicht mehr, weil ein Käfer verschwand
dieser dreckige Käfer, der am Anfang stand.

Bleibt die Frage
stellen Sie sie unumwunden
warum ist denn dieser Käfer verschwunden?

Das, meine Damen und Herren
ist leider noch nicht richtig geklärt
ich glaube aber fast, er hat sich falsch ernährt.
Statt Gräser zu fressen, fraß er Gräser mit Öl
statt Blätter zu fressen, fraß er Blätter mit Ruß

statt Wasser zu trinken
trank er Wasser mit Schwefel –
so treibt man auf die Dauer
an sich selber eben Frevel.

Bliebe noch die Frage
ich stell mich schon drauf ein
wann
wird das sein?

Da kratzen sich die Wissenschaftler
meistens in den Haaren
sie sagen
in zehn, in zwanzig Jahren
in fünfzig vielleicht oder auch erst in hundert
ich selber habe mich anders besonnen
ich bin sicher
der Weltuntergang, meine Damen und Herren
hat
schon
begonnen.

Nachweise

Die Texte stammen aus folgenden Büchern:

Franz Hohler, Drei Reisen (Pfaffenweiler Presse, Pfaffenweiler, 1977)
Franz Hohler, Ein eigenartiger Tag (Luchterhand Verlag, Darmstadt und Neuwied, 1979)
Karnickel, Karnickel (Verlag Klaus Wagenbach, Berlin, 1983)
Franz Hohler/Jürg Schubiger, Hin- und Hergeschichten (Verlag Nagel & Kimche, Zürich, 1986)
Franz Hohler, Das Kabarettbuch (Luchterhand Verlag, Darmstadt und Neuwied, 1987)
Franz Hohler, Der Mann auf der Insel (Luchterhand Literaturverlag, Frankfurt a. M., 1991)
Franz Hohler, Da, wo ich wohne (Luchterhand Literaturverlag, Hamburg, 1993)
Franz Hohler, Die blaue Amsel (Luchterhand Literaturverlag, München, 1995)
Franz Hohler, Drachenjagen (Luchterhand Literaturverlag, München, 1996)
Franz Hohler, Zur Mündung (Luchterhand Literaturverlag, München, 2000)
Erstmals veröffentlicht sind hier: Der Wunsch, Der Briefkasten, Abmagern, Das vegetarische Krokodil

Inhalt

5 Der Abstecher
11 Ein ganz schwerer Transport
25 Die drei Beobachter
27 Die Hinrichtung
29 Das Fußballspiel
31 Saftiges Kaninchenfleisch
35 Eine üble Gewohnheit
37 Die neue Nachbarin
39 Die Befreiung
41 Der Verkäufer und der Elch
45 Die Riesen im Parkhaus
47 Der Liederhörer
49 Die Reinigung
51 Der Skarabäus
55 Ein erschreckender Anblick
57 Eine Flugzeuggeschichte
59 Der Sonderling
63 Die Karawane
65 In Nevada
67 Der Traum
69 Der Haken

71 Das Blatt
73 Die alte Frau
75 Danach
77 Die Schöpfung
79 Was nicht in der Bibel steht
83 Der Autostopper
85 Die Göttin
87 Das Skiliftbillett
91 Die Bergstation
95 Die Grillparty
99 Der Sturz
103 Ein interessantes Gespräch
107 Der Knecht
111 Die Ausgießung
113 Die Konferenz
115 Die zwei Forscher
117 Die schönste Erinnerung
119 Der Wunsch
121 Der Briefkasten
123 Abmagern
125 Das vegetarische Krokodil
127 Die Alpen
129 Hoe de bergen in Zwitserland kwamen
133 Der Weltuntergang